人生百态．我们
都再在其中！

刘圭君．

乐 不
—— ——
平 奕

刘奕君

著

四川文艺出版社

图书在版编目（CIP）数据

不奕乐乎 / 刘奕君著 . -- 成都：四川文艺出版社，
2022.6
ISBN 978-7-5411-6314-2

Ⅰ.①不… Ⅱ.①刘… Ⅲ.①随笔—作品集—中国—
当代 Ⅳ.① I267.1

中国版本图书馆 CIP 数据核字 (2022) 第 051284 号

BU YI LE HU
不奕乐乎
刘奕君 著

出 品 人　张庆宁
出版监制　赵丽娟 徐 琛
总 策 划　王尔丹
出版统筹　杨 琴 殷 希
责任编辑　彭 炜
特约编辑　张文文 刘小玖
装帧设计　卷帙设计
题字授权　孙 斐
版式设计　唐 昊 唐小迪
绘图支持　高 佳 糖 皖
责任校对　段 敏

出版发行　四川文艺出版社（成都市锦江区三色路 238 号）
网　　址　www.scwys.com
电　　话　028-86361802（发行部）　028-86361781（编辑部）

印　　刷　北京君达艺彩科技发展有限公司
成品尺寸　145mm×210mm　　　　　开本　32 开
印　　张　10　　　　　　　　　　　字数　200 千
版　　次　2022 年 6 月第一版　　　印次　2022 年 6 月第一次印刷
书　　号　ISBN 978-7-5411-6314-2
定　　价　69.80 元

自 序
第二次童年

去年生日，我的蛋糕上只插了一根蜡烛，蛋糕上没写"生日快乐"，而是写了"今天我一岁"。51岁，人生归零，在广西乐业县大石围天坑旁，在宁静美丽的百坭村，重新起航。

近年来接受采访，总是被动回忆人生，诸如我是地道的陕西人，生长在西安大雁塔旁边的大院儿里；17岁成为北京电影学院表演系87级里年龄最小的学生，北影的教授马精武是我的授业恩师；1991年毕业后，被分配回到西安电影制片厂；千禧年，在《人鬼情缘》剧组，30岁的我认识了26岁的李雪，彼时的他是跟着导演孔笙进组的摄像师；7年后的2007年，在电视剧《绝密押运》中，我第一次真正意义上扮演了一个反派，自此一发不可收拾。《琅琊榜》《远大前程》《猎狐》……更多人通过谢玉、张万霖、王柏林等反角认识了我——尽管我从不愿意把他们定义为坏人，他们只是一个个复杂的人物。

感恩这种梳理，半百人生似乎有了痕迹。我有时会想，如果有人从世界之外看我们，或者我们生存的世界只是别人正在观看的一本书、一部剧，刘奕君这个角色有了初步的"人物线"，那么，除此之外呢？我还做了什么，我是个怎样的人？

其实，私底下的我是个乏味又有趣的人，不拍戏的时候，我喜欢一个人宅在屋子里，泡一壶茶，翻翻书，看看电影，刷刷朋友圈、微博、抖音，或者戴顶帽子，跨个相机，走街串巷，漫无目的地闲逛、拍照。

乏味吗？别人看来是，但我自得其乐。

我喜欢了解这个世界，宅着时，人在屋子里，眼睛却往外看，通过社交媒介，观察不同人的生活状态，感知他们的喜怒哀乐，猜测他们的生平境遇；走出门更是，我喜欢探险鬼斧神工的大自然，喜欢感受人文气息的熏陶，也喜欢深入老街巷陌，看当地人的一日三餐，听他们浓郁的方言小调，吃隐藏在深巷中的地道小吃。

这些都让我很着迷，让我感觉自己没有飘在高处，也没有沉在水底，而是一直裹挟在生活中去感受、去体验。

接到出书邀请后，我拿出这些年存储照片的两个硬盘，连上电脑，静等上万张照片被读取，那一刻，仿佛启封了背着相机丈量世界的过往岁月。

我曾像个背包客，独自走在西安、武汉、长沙等几十座城市的大街小巷，和人搭桌子吃羊肉泡馍、臭豆腐、热干面；坐大巴，转徒步，寻觅梁思成和林徽因的故居；走进浙江一处活的古镇，拍猫猫狗狗、燕子麻雀。

我曾在法国马赛，走遍这座城里古老而美丽的教堂；在阿尔勒，寻觅凡·高的生平足迹；在布拉格，用脚步丈量街道与集市；在800岁的小镇克鲁姆洛夫，看伏尔塔瓦河从镇中穿过。

我曾在肯尼亚辽阔的草原上看动物大迁徙，拍秩序井然的大象、成群结队的角马、守护地盘的狮子、伺机而动的猎豹……

行走是一个净化心灵的过程，在路上体会生活，开启知觉，尊重、爱护每一个从身边路过的生灵，让万物自然而然地走进心里。于是，遇到的每一个人，体会到每一个生活侧面，都渐渐融入心里，在将来的某个时刻，以某种方式融进我的思想、处世以及角色里。

这就是自然之美、生活之智。

生活本身就可以是理想，生活本身就能鼓舞生活。就像金庸的小说中所说：天下最毒的药草周围，一定会生长着解毒之草。异曲同工的是，生活带来摔打的同时，也暗藏治愈。

所以，能经历当下正在经历的生活，不亦乐乎？

几乎每次接受采访都会被问到：你对现在的自己满意吗？

满意。

满意于自己始终对生活满怀好奇心，这些年一直在做自己喜欢的事。

虽韶华渐逝，但童心未泯，虽前行负重，但惊喜更丰，不亦乐乎？

有人说："写作是为了品尝生活两次。"

我已借由不同角色品尝了很多次人生，但有了这本书，我更期待第二次童年。

刘奕君

辛丑夏于北京

生活本身就可以是理想，生活本身就能鼓舞生活。

目——录

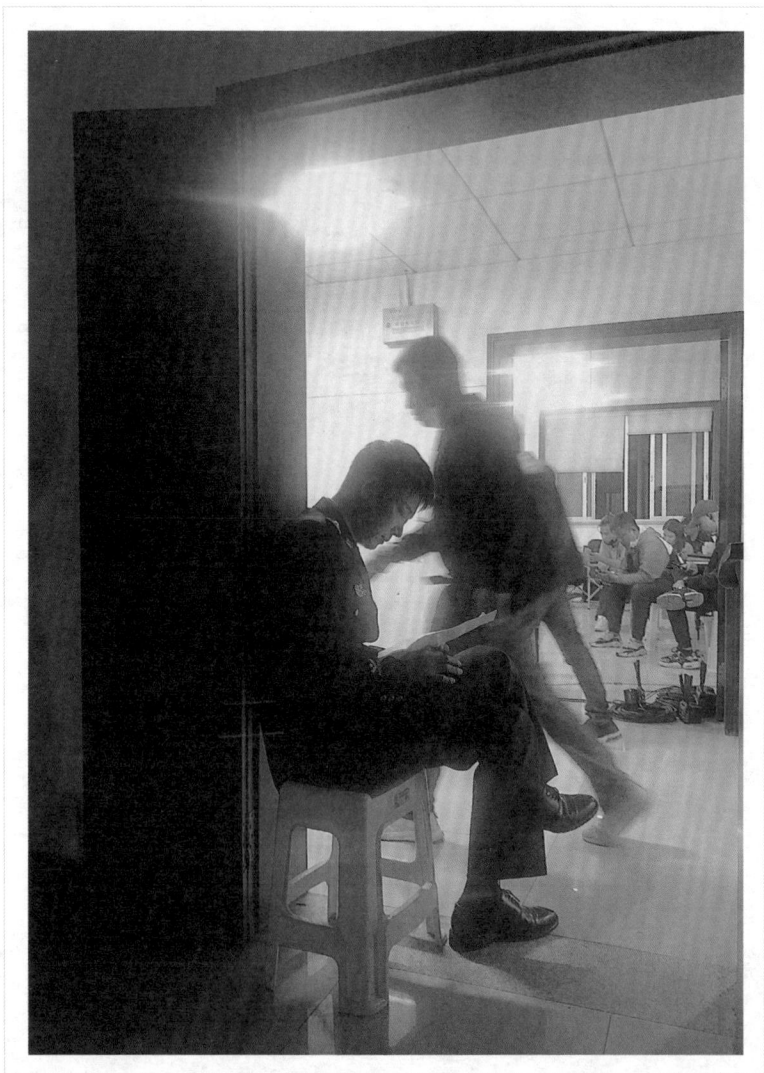

烟

/ 第一场 /

火

深街陌巷的阵阵饭香，山村小镇的袅袅炊烟，高楼大厦的万家灯火，以及坐在院子前闲聊的老人，扛着长扁担的小贩，牵着孩子买菜的母亲……

我喜欢每一处透着浓烈生活气息的地方，想象这些人家的故事和生活，让人莫名地踏实和心安。

每一个人都在上演自己的故事，都在努力过自己的人生，各自忙碌，热气腾腾。每一户人家在柴米油盐酱醋茶里，在滋啦滋啦的烟火气中，也藏着对生活的希冀。

百
态

　　猫喜欢吃鱼，却不能下水；鱼喜欢吃蚯蚓，却不能上岸。人也是如此：一边拥有，一边失去；一边选择，一边放弃。

　　这恰是造物主的智慧，让每一个生命绞尽脑汁去选择，而一次次微小的选择，却让每个生命变得与众不同。

　　于是，有人背起行囊远走他乡，有人祖祖辈辈安守家业，有人夸父逐日般追求梦想，有人乐活在一蔬一饭。

　　人生百态，我们都身在其中。

羊肉泡馍

每次回西安老家，我一定会去回民街走走，来碗糊辣汤，来份羊肉泡馍。那是儿时的记忆，是家乡的味道。

西安的回民街，顾名思义，有很多回民居住在那里。那条街道虽然经过改造和整修，但尽量保留了原有的铺面，原来的居民依然住在那里，各自经营着自家可能传了好几代的小生意。人留下来了，祖祖辈辈的生活方式也沿袭下来，于是地道的饮食文化也传承下来了。真是幸事。

这里已经成为外地人到西安必逛必吃的地方，随便走进一家小门脸儿，迎接你的都是传承百年的热气腾腾的当地美食。味蕾的享受做不得假，这里几乎看不到斯文的食客，都成了狼吞虎咽的主儿。

我们一家人都爱吃羊肉泡馍。记得小时候，父母总是早早起来去排队买，因为羊肉泡馍一定要吃头汤的，那道汤别提有多鲜，一口下肚，肚腑一寸寸被熨帖，整个人都精神了。我如今还有两家秘不外传的地道老店地址，外地人一般找不到，想品尝地道羊肉泡馍的朋友可以联系我。

除了羊肉泡馍，我儿时的记忆还少不了糊辣汤。糊辣汤，听名字就是辣的，但不是辛辣、麻辣的那种，而是放了胡椒，热乎乎的感觉。特别适合早上喝，尤其是冬天的早上，一碗下肚，浑身上下都暖和了，感觉像跑了几公里，非常畅快。这也是饮食文化的精妙吧，民以食为天，祖辈们留下的智慧。

这次回家是在冬天，计划在家过个春节。去回民街溜达时，途经这家羊肉泡馍的老门面。那天阳光很好，门口的炉子冒出蒸汽，在阳光的铺洒下，热气腾腾的蒸汽像一团雾扑面而来，一股浓浓的烟火气息，特别生动。

那一刻时空变幻，物转星移，仿佛回到了小时候，跟在父母身后，眼巴巴地等着即将出锅的羊肉泡馍。那时的我比店里的餐桌高不了多少，盛放羊肉泡馍的大海碗，在我眼里跟脸盆似的，我却盼着盛得再满些。

于是我蹲下来，以儿时的视角拍下这组照片，那一刻，时光折叠，眼前的一切和我记忆中的大碗、热汤，以及扎头巾的回民女子重合了。

时空之门

在回民街吃饱喝足后，继续溜达。

来到老城区，穿过一个巷口的门时，突然被眼前的画面吸引——冬日午后的暖阳投射进斑驳的老巷，像开启了时空隧道。

我蹲守在旁边，等待有行人路过，拍下他们进入时空之门的瞬间。

奇妙的是，同样的场景，当一家人欢声笑语地走过，像是要迈进未来新纪元，而当一位老人孤独地走过时，却像是跟随他走入历史旧时光。

臭豆腐

2020 年秋天在长沙拍《扫黑风暴》时，拍戏间隙，我照例挎着相机走街串巷。我喜欢烟火气比较浓郁的地方，首当其冲是各地的小吃街；一方面，我很喜欢烟火百态的生活气息，更重要的是，可以满足一名吃货的口腹之欲。

来到岳麓书院下面的小吃街，扑面而来一股麻辣鲜香，感觉前一秒，我还是一个旁观者，后一秒，就被拽进了热闹喧嚣的世界。长沙人特有的热情和空气中的辣椒面混杂在一起，潮水般一涌而上，我的味蕾和心情被刺激得一下子打开了，莫名开心，很想吃点什么。

途经一家卖臭豆腐的小吃店，本来是冲着臭豆腐去的，但店里的一幕瞬间吸引了我。那是一对母女，母亲在前面忙碌，女儿应该是刚放学回来，她在小桌上摆好书包和作业本，在嘈杂声中，在妈妈忙碌的背影后写起了作业。熟练的动作和神情让我心中一动——这便是她们的日常。

这个小店可能就是她们的家，母女俩各忙各的，却给人一种相互依靠、相依为命的感觉。

我连续拍了两张照片，第一张把焦点放在孩子的眼睛上，她清澈又安静的眼神太生动了；第二张是场景图，妈妈的忙碌占了重点，仔细看的话，后面的女儿依然是亮点。

生活百态，莫过如此。

这种普通的生活场景特别打动我，让我不由得想起自己的小时候。记得那时每天放学后，我会去我父母的办公室玩儿。因为小学放学早，他们都还没下班，我就在他们的办公室里写作业。那时的办公桌有好几个抽屉，我总会从其中一个抽屉翻出几块糖或点心，那是他们为我准备的。许是怕我吃多了牙疼，便藏起来，又心疼我，所以藏得随意，被我轻易找到。

如此看来，几十年前那个先翻吃的、然后心不在焉写作业的自己，跟眼前的小女孩真是相似。

等待

从小吃街转出来后，途经一个公交车站，被坐在站台凳子上等车的人吸引了目光。与其他行色匆匆的人不同，这几位特别闲适，还有人跷着二郎腿，不像是等车，倒像是坐在自家院落里晒太阳。

这般场景立刻让我想起了另一张闲适的背影图：三个中年女子并肩坐在公园的板凳上，她们身形相似，穿着朴素而干净，慢悠悠地交谈着，可能是太惬意了吧，其中一位甚至把鞋子脱了。

只有亲密的朋友间才会如此吧！希望她们是朋友，一辈子的朋友。

下班回家

我一年之中大部分时间不在家，因此黄昏是我每天心神最不安的时候——倦鸟归巢，忙碌一天的人都想立刻回家卸下风尘。走在路上，经常看见楼房的窗户逐渐亮起，闻到空气中飘来饭菜的香味，这时，我都会心头一涩。

这张照片就是在如此心境下捕捉到的。我在路边等红绿灯，一对夫妻驾驶着极具长沙地方特色的带篷摩托车停在我面前，我们处在同一条线上，我看着他们，他们却无心看我。

我猜他们是夫妻，肢体语言没有很亲密，表情有些许疲惫，也很放松——我希望他们是一家人。上了一天班，终于可以休息了，丈夫用虽然很小却能遮风挡雨的摩托车载着妻子，一起回家，一起吃饭。

少年情谊

　　南方城市中，厦门是我非常喜欢的地方，这座城市有种神奇的魔力，只是随意走走，也会心情很好，心生浪漫。

　　在一个小巷里，我见证了两个女孩的友谊。其中白衣女孩可能受了委屈，或是失恋了，伏在另一个女孩的肩上哭泣；深色衣服的女孩轻抚着她的头发，轻声安慰，看见我在拍照，深色衣服的女孩立刻警觉起来，承担起保护者的角色，不希望我再打扰她们。

于是我笑笑，静静离开。

少年时期的烦恼总是天大的，朋友是世界上最亲近的人。

我小时候也有个好兄弟，好到恨不得歃血为盟。每天在学校一起玩闹还不够，放学了也舍不得分开，于是到对方家里写作业，写完作业仍不愿各自回家，而是相互送对方回家。他送我，我再送他，每次都送到披星戴月，在父母的劝说下才各自收心告别。

现在想来，儿时的烦恼真是有点可笑，哪怕输了一个球，也如同输了全世界，要是集不齐洋画，就睡不着觉，为赋新词强说愁。然而，少年的情愫却是珍贵的，当我们失去了那份幼稚和纯真，便也失去了那份赤诚和感动。

难留少年时，总有少年来。

啤酒

厦门的浪漫不仅在人，还在酒。酒不烈，却撩人。

走在酒吧街上，实在让人把持不住。作为一名西安人，我是爱喝酒的。白酒浓烈，容易影响情绪；葡萄酒则会勾起私密的情绪，气氛暧昧，适合独饮或二人对饮；啤酒就不同了，啤酒总能和阳光、沙滩联系在一起，瓶盖一开，泡沫涌出，全身心都是放松和惬意的。

但是，由于工作对演员有身材方面的要求，我对酒是又爱又恨。可要好的朋友都知道我喜欢喝两杯，总会送酒给我。

有一年夏天，一位朋友从国外给我带了一箱啤酒，是那种发酵的麦芽酒，入口醇香，很对我的胃口。一箱喝完后仍未尽兴，我自己又买了两箱，每天喝两杯，感觉挺美。喝啤酒虽爽，却是催肥的能手，我感觉自己越来越"厚"了，脸也圆了。没办法，只能忍痛割爱，把剩下的啤酒送给朋友了。

我经常幻想，如果不做演员，我一定要做个快乐的胖子，每天吃肘子就羊肉汤，痛快喝啤酒。现实是骨感的，偶尔放纵喝两瓶啤酒，刚下肚就警醒自己：怎么管不住嘴呢？怎么办？跑步去吧！

谨以此图纪念我的酒虫。

活的古镇

拍摄《理想照耀中国》时，开机地点选在浙江的一个古镇，我参与的是第一个篇章，叫《真理的味道》。开机仪式过后，暂时没有我的戏，我就挎上相机偷溜出来，前往古镇深处探访。

越往深处走我越觉得，这是一个让人心跳都会放慢的活的古镇。

整齐而老旧的砖瓦房里，住着一户户人家，祖祖辈辈在这里生活了几百年。他们隔着窄窄的小路，抬头就能看见对门家里在干什么，饭点到了，一闻便知邻居家做了什么好吃的。这不就是《桃花源记》中的"阡陌交通，鸡犬相闻"吗？

小镇旁边有条小河，河上有一座明代建成的桥，至今安然无恙。几百年的时光里，它静静地感受着小镇的人间烟火，看着妇人们来到自己脚下洗衣洗菜，听着孩童们嬉闹着从自己身上跑过，时间仿佛停滞了，在我这个外来人打扰时，倏忽几百年已过。

　　肚子咕咕叫时，我才意识到已经在古镇逛了两个多小时，到午饭饭点了。往回走的时候，很多人家已经吃上午饭了，阵阵饭菜香味飘过。有意思的是，不少人家并不是我们想象的一家人围着饭桌吃饭，而是把饭菜盛在一个大碗里，端出来和邻居们边唠嗑边吃——难怪饭菜这么香！

几个端着大碗的人，互相看一下对方碗里有什么好吃的，对胃口的话，我夹给你一筷子肉，换你一筷子鱼，哈哈大笑着把饭吃了，完全没有"食不言寝不语"的说法，却极富感染力。这才是生活啊！

　　在他们吃饭的时候，一条大黄狗摇着尾巴跑过去讨吃的，村民们就从碗里挑几块骨头扔给它，人和狗都愉快地吃着。为了拍下全画面，我赶紧蹲下来放低视角，还不能对焦距，只能盲拍，为的是不打扰眼前的一幕。

　　狗子还是被我惊动了，回头看了我一眼，这个表情又触动了我——一条大黄狗，得生活得多安逸，才能有这么无辜甚至傻白甜的表情啊。

　　狗子毫无攻击性的眼神，加上旁边捧碗吃饭的淳朴村民，让人不由得期许，这就是被都市快节奏进程遗忘的桃花源。

　　我本来想把古镇的名字写出来，但最终改变主意了，希望这里的历史原貌能长久地保持下去，希望这份平静怡然尽量不被打扰。

第二镜

牵 手

　　年轻时，更钟爱拥抱和拥吻，认为这是爱的自然流露，热气腾腾，匹配年轻的生命和蓬勃的热情。

　　随着时光飞逝，随着年岁渐长，胸中的热情由波涛汹涌的江河变成缓缓流淌的小溪，对身边人爱意的表达也逐渐归于沉稳，牵手渐渐取代拥吻。我一直认为，这不是沦为平淡，反而是被岁月洗礼后的珍贵。

　　因为，牵手意味着相伴相扶，以爱之名，又高于爱。

　　很多人在激情过后，热情难以为继，还没过渡到牵手就已分手；也有很多人，从相拥到牵手，一生风雨，彼此扶持。

　　忽然想到一句歌词：是谁来自山川湖海，却囿于昼夜、厨房与爱。

　　牵手，以被时光加持过的爱之名，比爱更浓、更久。

中年夫妻

刚买了一个镜头，怎能不出街拍照？

于是，在台北街头，新镜头的处女照诞生。

一对中年夫妻，可能要去赶巴士或过马路，丈夫前行半步，牵着妻子的手，妻子放松地任丈夫牵着，丈夫不怎么高大的身影显得很有安全感。

这就是平淡生活中的幸福吧，日子虽琐碎，却有人陪伴。忽然觉得在柴米油盐的时光中，渐渐老去也不那么可怕，这就是生活，让人踏实。

一潮一美

2016 年冬天在云南拍《卧底归来》，昆明的冬天美得不像话，不仅温暖如春，草木茂盛，花儿还开得特别鲜艳，让人心情大好。于是我背上相机继续出街，一路跟着奇花异草的指引，溜达到了圆通寺。

这里幽静又热闹。毕竟是百年古刹，幽静的是气氛，让人逐渐静下心来；热闹的是颜色，树木棵棵枝繁叶茂，开花结果，在幽静的古意中姹紫嫣红。正是得了这份禅意，因此，它们不是争奇斗艳，而是独自美好。

在如此心境中，一对牵手的老夫妻走入我的视线。丈夫头戴毡帽，背着颇为年轻款的双肩包走在前边，牵着衣着鲜艳的妻子。两个相伴半生的老人，一个潮，一个美，走进阳光和花海。

朋友看到这张照片时，说这对夫妻应该是当地人，因为我们北方人出门很少打伞，我虽然认为他们是当地人，却不想认可朋友的理由，在我看来，无论南方北方，无论年轻年长，都可以让自己活得精致美好。

　　我羡慕的是他们的牵手前行，是他们的互相搀扶，因为这份搀扶，就是跨越了几十年时光的爱。

父母

这是我的父母。我给他们拍了很多照片，他们喜欢正面的，这张并未得到他们的青睐，却是我喜欢的。

一起撑着伞，依偎着指向同一个地方，虽没有牵手，却比牵手更有感染力，有种风风雨雨一路走来的感觉。

印象中的他们经常拌嘴吵架，也经常牵手外出，可能我们西北人都是这样，比较直爽，藏不住事。

由于常年在外拍戏，跟他们在一起的时间很少。有一年过完年我离开家时，他们在门口送我，脸上笑着，眼神却难掩失落。那一刻我忽然意识到，我每次回家也就待半个月，最多二十来天，十年也才二百天，二十年不过四百天。我和父母这辈子相处的时间就只有这么多了吗？一瞬间冷汗直冒，不行，这哪儿够呢。

　　于是，每次到离家不太远的地方拍戏，戏份不多的时候，我都会把他们接过来住几天。

　　前年去青岛拍戏，我也带上了他们，我在拍戏时，他们就在屋里等着。那天没有我的戏份，吃完早饭后，我们正准备出去玩，突然下起了小雨，却丝毫没有阻挡我们出门的脚步。一路上他们兴致很高，途经的一座假山，引起了他们的极大兴趣，两个人雀跃地讨论起来，我跟在后面，记录下了这一幕。

　　老话说"父母在，不远游"，已为人父的我深刻感到，父母对孩子没有任何要求，不会对孩子有任何限制，如果孩子需要一块垫脚石才能飞起来，父母会毫不犹豫地趴下去。有了无私的爱，才有无尽的牵挂，真正让父母快乐的就是我们身体好，活得好，多回应他们，多陪伴他们。

　　父母之爱，无处不在，重于泰山，密如空气。

兄弟

　　岳麓山下的公园里有很多锻炼的人，这对兄弟就是其中之一。他们有着不似南方人的高大健壮，看身形体态应该有相同的遗传基因。

　　他们步履飞快，走路带风，却牵着手，也许这就是传说中的铁汉柔情吧。

　　我一路快步跟在他们后面，把相机放低，自下而上盲拍，希望能记录下他们的刚和萌。

姐妹

2020 年春节前回西安老家，陪父母到大雁塔附近闲逛，正溜达着，忽然听见一阵叽叽喳喳的说笑声，还没来得及回头看，这对老姐妹就从我们身边快步走过。她们像是在讨论附近的一家超市蔬菜卖得不错，早点去便宜还有的挑，于是相伴前往。

我很喜欢拍老人，特别是相互陪伴的老人——老夫妻，老兄弟，老姐妹，老朋友……老人的每一道皱纹、每一根白发，被岁月压弯的腰和蹒跚的步态，都藏着满满的故事。他们安静的时候会自带孤独感，但牵手、搀扶或交谈的老人，则会给人一种任岁月流淌，幸好有你陪伴的感觉，温暖而踏实。

第三镜

血脉

犹记得刘怡潼刚出生的时候，我在产房外忐忑等待。并不像文学作品里写的那样，即将晋升为父亲，内心多么激动，脑中如何幻想孩子的容貌及以后的生活，我当时脑子里是空白的，只有满心焦急。

不知过了多久，护士出来了，喊谁谁家属在吗，我一激灵，一个箭步上前，才看清护士手里抱着的小小襁褓。护士抱着孩子，将孩子转向我："看看吧，是个男孩。"

这是我们父子的第一次相见。

小脸皱巴巴的，眼睛还没睁开呢，没有哭，但小嘴也没闲着，左拱右拱的好像在找吃的，感觉小表情还挺丰富。

这一幕当时只觉平常，但后来的日子里我时常都会想起，尤其是刘怡潼调皮捣蛋的时候，恨不得凶他一顿、揍他一顿时，就会回想他刚出生时那软软的小模样，于是安慰自己，算了，那么一个小小的生命来到我家，做我的儿子，也挺难得，随他吧。

血脉是很神奇的体验，两个各自独立的生命，在你看到他的那一瞬间，仿佛有了千丝万缕的联系；往后余生里，你会希望他万事皆好，比你自己更好，会想把最好的东西给他，即使不常见面，也会日日牵挂。

　　我的手机里存了很多孩子的照片，每天晚上都会翻一翻，看到他们的笑脸，一天的疲惫都会烟消云散，取而代之的是沉甸甸的幸福感。我想，这就是血脉吧。

　　生命是短暂的，但血脉的延续弥补了这个局限，让时间变成永恒，也变得温暖可期。

小背篓

彩云之南，地如其名，云
南是个让人觉得离自然很近的
地方。踏上这方土地，心情会
不自觉地安宁下来。人在这里
是生命，是生灵，而不是主宰。

云南的女性很能干，小
小的身躯，大大的能量。照片
中的女子穿着明艳的衣服，背
着襁褓里的孩子，生命力十
足。相反，这里的男性活得倒
是悠闲，似乎保留了自然界中
某些母系族群的传承，让在大
西北长大的我忽然有些心生羡
慕——这种生活也挺新鲜。

放学路上

　　在长沙街头闲逛时被一对母子吸引。母亲骑着电动车，将年幼的儿子护在身前，车前头放着一盒吃的，母亲专注地骑着车，孩子则狼吞虎咽。

　　正值下午的放学时段，我猜想，可能是孩子上了一天的课，等不及回家就嚷嚷饿了，母亲不忍孩子挨饿，于是从路边买了吃的，护着孩子吃起来；或是放学了，还要赶往补习班，来不及带孩子好好吃一顿，就让孩子坐在车上凑合吃点。

孩子熟悉的动作和习以为常的表情让人心疼。成年人和孩子，都在努力生活。

孩子在妈妈圈起来的小领地里，那么放松，那么安全，又让人心生温暖。

妈妈的臂弯，是我们一生的心灵港湾。

母子

　　拎着刚买的长焦镜头，走在台北街头，跃跃欲试中。

　　一对母子闯入我的视线，儿子已然成年，高大茁壮，母亲依偎在儿子身边，显得很娇小。十多年前，两人的身高差应该是相反的吧。

　　见多了年轻母亲牵着幼子散步的场景，长大成人的孩子陪伴母亲逛街散步，莫名地更让人动容。这就是血脉的神奇，一个生命哺育另一个生命，生命的能量如此延续。

　　于是我躲在商务车旁边，快速按下快门。

隔代亲

曾经看过一本书，至今印象深刻，书中说有一种行为至今只有人类才具备。那就是祖父母抚养幼崽——爷爷奶奶带孩子，这是人类独有的隔代亲。

第一张照片是我在横店拍戏间隙拍的。大概 4 月份，那天天气很好，阳光温暖，我出来溜达时偶遇这对祖孙，奶奶很年轻，很热情，小宝贝白白胖胖，虎头虎脑，很招人疼。

第二张照片是在老家西安拍的。在大雁塔旁边的公园里，一位爷爷抱着孙儿出来溜达，孩子很漂亮，白白净净，看不出是男孩还是女孩。

　　我拍照时很多是抓拍，甚至偷拍，但这两张都是正面拍摄，照片中的两对祖孙面对镜头，笑得很灿烂。我喜欢跟老人、孩子打交道，他们内心简单干净，很容易拉近距离，而且"偷拍"经验丰富的我还有个法宝：这小宝贝真漂亮啊，这小脸蛋白胖的，太可爱了……您真年轻啊，是爷爷/奶奶吗，看不出来啊……几句猛夸就和他们打成一片了。

　　如果不赶时间，我会跟他们拉拉家常。很快，周围的老人孩子也会聚拢过来，听着身边或沧桑或稚嫩的笑声，看着他们或浑浊或清澈的眼睛，感受到的却是一样的纯净。

　　生命是一个神奇的轮回，我曾是你，你终将成为我，生命或许有尽头，但血脉传承是永恒的。

第四镜

街道

　　战国初期有一个思想家叫杨朱，有感于人生歧路重重，歧路之中还有歧路，人很容易迷失，于是放声大哭。

　　人生多歧路，这是人的宿命。如果严肃对待人生，就不得不一次次面对歧路前的困惑与焦虑。人生就是由无数的选择组成，从人生终极目标的确定、大的发展方向的规划，到日常生活中每一个细节的选择、迈出的每一步，选择，构成我们的一生。

　　街道，是现代文明中的路，也寓意着现代人的选择。

我特别喜欢城市中的十字路口，也喜欢拍摄在十字路口穿梭的车辆和来往的行人；他们匆匆而过，或走或停，奔赴各自前进的方向。

我们都是芸芸众生中的一员，行走在各自的人生道路上，时时刻刻都面临不同的岔路口。

每个人都是孑然一身，没有人会替你选择，你迈出的每一步，都可能影响一生的走向。

找到方向，便不迷茫。

生活在城市中的人，虽然大多行色匆匆，但途经的路上偶有惊喜：苗条袅娜的旗袍女子雕塑、诙谐逗趣的巨型脸谱雕塑，给钢筋水泥的城市带来一丝活力，那个戴口罩经过的人，一如我们每一个城市居民，感受着脚下这座城市的变化之美。

有

灵

"活泼的生命完全无须借助魔法，便能对我们述说至美至真的故事。大自然的真实面貌，比起诗人所能描摹的境界，更要美上千百倍。"英国作家吉米·哈利这句话简直写到我心里去了。

草木，鸟兽，鱼虫，每一个生命都值得尊重。它们和我们一样，来到这个世界，呼吸着同样的空气，不管生命长短，都切切实实存在过。

试想一下，我们正在经历的每一秒，都有亿万个生命和我们同呼吸，冥冥之中，连成一张密实繁复的生命大网；万物之间看似不相关，实则牵一发而动全身，多么神奇。

在繁华都市待久的人，都渴望回归自然。当脚踩坚实的土地，仰望无尽的天空，暂时抛却手机，抛却烦恼，抛却一切现代文明，心灵才会真正平静下来，感受这张息息相关的生命大网，从而找到最初、最真的自己。

第一镜

动物

很久之前就有行走非洲的想法，终于在拍完《无主之城》后得以成行。如果有机会，一定要去趟非洲的肯尼亚国家公园，有人说，这里是人类最接近大自然的地方。

抵达的第一时间，我就迫不及待地踏上了这片草原。与此前想的不太一样，非洲的旅游线路十分成熟，吃、住都不差，一路上都能享受不错的服务。

在这里，我看到了动物大迁徙。辽阔的草原上，成群结队的鹿、大象、斑马、羚羊，还有奔跑的花豹、鬣狗，每种动物都在本能地求生，大自然还原了物种最初的性灵，并以一种神秘而阔大的力量，源源不断地对万物进行孕育和滋养。

在自然面前，人会感到谦卑和敬畏，变得想要去拥抱自然，并从中汲取力量与情感。在宽阔的天地间，人也会变得心胸开阔，忘掉那些画地为牢的烦恼，想要敞开怀抱，开开玩笑。

刚踏上草原时，看到的都是食草动物。之所以拍下这张照片，是因为起初以为这只是一棵树，定睛一看，原来上面挂了好几只猴子。忽然想起一个小品里的段子：树上七（骑）个猴，地上一个猴，请问总共有几个猴？

　　食草动物往往会聚在一起吃草，有点抱团取暖的意思，虽然低头吃着草，但也十分警觉，随时注意周遭有没有食肉动物出现。瞪羚家族凑在一起，热闹又警惕，和旁边落单的斑马形成鲜明的对比。斑马似乎在说："朋友，能不能让我也加入？虽然我身上的海魂衫跟你们的不太一样。"

草原的平静被一只猎豹打破了。一般来说，食肉动物喜欢在草原深处活动，只有需要觅食的时候，才会来草原外围寻找猎物。猎豹是天生的猎手，被它看中的"朋友"，几乎都会成为它的大餐，因为它奔跑的速度太快了；然而也有例外，别看猎豹速度快，但耐力不够，如果食草动物四散而逃，它又没盯住其中一个目标，也会失手。

我在途中就看到一头豹子因为受伤无法猎食，最后死掉了。很多人肯定会问，你怎么不去救它呢？我也看到过被豹子吃到只剩下半个身子的羚羊，也会有人说，小羚羊太可怜了，要是当初救救它就好了。

虽然心中不忍，但我知道那样不行。因为这就是大自然，大自然有它的生存法则，优胜劣汰是必须践行的机制，说它弱肉强食也好，物竞天择也罢，我们只能作为旁观者，静静地看着，记录下来。

人类自称"万物之灵"，其实放到自然界中，同样渺小。人类也要顺应自然规律，减少对自然的破坏，更要学会尊重所有的生命。

万物有灵且美。

我们只是以不同的面貌生活在同一个地球上，生命是平等的，没有谁比谁更高贵。生命和生命，有缘，自会相见。

　　这三只小鸟貌似叫牛椋鸟，别看个头小，胆子却不小，它
们是犀牛、河马、大象等大个头的亲密朋友。有多亲密呢？可
以说是同床共枕——它们就住在那些大家伙的身上，帮助他们
清洁身体上的寄生虫，同时填饱自己的肚子。

　　蓝天下，弯曲的树枝上这样站着三只牛椋鸟，形成的弧线
宛若音符律动，它们的叫声仿佛能透过画面传出来。大自然太
灵动，太奇妙。

　　"狮子王"来了。

　　它可不是孤胆英雄，在我拍摄的视频里，有一公一母两头狮子占领了这个山头，发生了一些不可描述的事情。看上去它们应该是一对热恋中的情侣，刚刚组建自己的家庭，小狮子"辛巴"还没有诞生。

　　我也看到过狮群，一头公狮子带领七八头母狮子，还有不少小狮子，可以说是一个"狮子王国"。母狮子往往负责打猎，一个个骁勇善战，擅长团队配合；公狮子负责稳固家庭，是强有力的后盾，当然关键时刻，比如捕杀大型食草动物时，公狮子还是会出手的。

　　在草原上，独自行走的食草动物是十分危险的，不管出于什么原因掉队，落单食草动物的生命分分钟会受到威胁。所以说，孤单时抱抱自己是没有用的，有伴儿的感觉才是真的好。

大象家族是最让我动容的，它们充满智慧，秩序井然，令人敬畏。

大象像人类一样，长幼有序，尤其是行走的时候，会自动排成一队，首领走在最前方，后方是一些成年的大象，小象则会被保护在中间，这样小象们不会掉队，一旦危险来临，队伍前后方也能及时作出反应。

你看，虽然大象没有人类的语言和文字，但它们跟我们一样生活在这个三维世界里，有着它们自己的智慧和规则。

象群在一片静谧的湖边饮水、休憩，看上去格外平静，整个画面定格在那里，仿佛时间都静止在这一派安然闲适中。实则不然，这里是非洲草原，是弱肉强食的野生环境，每一秒钟都有可能是猎杀时刻，越是宁静的背后，越可能危机四伏。

就在我按下这张照片后不久，猎豹出现了，所有食草动物都像被点了穴一样，一动不动。据说猎豹喜欢捕食动起来的动物，也许这能挑起它的战斗欲？总之在那一刻，没有谁敢轻举妄动，就像小时候我们玩儿"123，木头人"一样，谁动，谁就输了——然而在非洲草原，一旦输掉，失去的就是生命。

距离拍摄这些照片已经过去三四年的时间，也不知道草原上这些被我拍摄下来的动物，还有多少依旧活着，又有多少已经永远消失了？

回看之时，感慨万千。

　　每一个生命都有自己的轨迹或宿命，每个生命都在拼命生存、努力生活，但生命于整个大自然而言，又是渺小而脆弱的，这也恰是让我们学会珍惜时间、学会尊重生命、学会过好一生的最好理由。

　　转回国内，拍得最多的动物是猫。

　　我喜欢猫，猫是一种有个性的动物，各有各的姿态，各有各的生存哲学。

　　北京有座双泉寺，我在这里拍到的那只猫，整体气质与家养的猫不太一样；它沐浴着寺庙里的阳光，每天听着信众们诵经，与佛门圣地的氛围融为一体，不逾矩又随心所欲，有一种

老人家历尽沧桑之后的智慧。

澎湖湾平房人家的那只猫，卧在家门口自行车前，好奇地看着陌生人经过，不惊慌，也不躲藏，心里似乎很有谱儿：这是我的地盘，我怕什么啊？

印象最深，也拍了好几张的是那只流浪的橘猫，兀自行走在小区里、街道上，想停就停一下，想捕只小鸟就运动一番，捕到了也不吃，就是玩儿。它就像是一个浪迹天涯的侠士，自有一套江湖规矩，不从属于任何人。所以我特意给它拍了一张顶天立地的照片，仿佛诠释了那句话——我命由我不由天。

身上多了装饰物的是家养的宠物猫，说是宠物猫也不准确，因为我是在旅游区看到的，店主为了招揽顾客，特意给猫戴上好看的脖领，确切地说，它是一只"打工猫"，是有工作的"社畜"。

最后一张被拴了绳子的是宠物猫无疑了。我在西安南湖公园看到遛弯的猫和主人，从它的表情中可以看出既害怕又生气的心理状态，最明显的是那对"飞机耳"和向前撅起的胡子，所以你说它幸福吗？也许吧，至少不缺吃喝，但肯定没有那只流浪猫自由。

我在拍《橙红年代》的时候收养了一只猫，银色虎斑。当时我在北京拍戏，助理告诉我，酒店下面的一家西餐厅，老板的女儿养了一只猫，只养了一个多月，由于过敏想把猫送人，问我要不要。

　　"要！"我丝毫没犹豫，于是就把这只猫抱回家了。由于我常年在外拍戏，担心没办法很好地陪伴它，所以找了个空闲的时间，开车把猫从北京送到西安父母的家里。现在我每年春节回家时还能看到它，它已然成为我家最重要的成员之一了。

　　生命真的很奇妙。

　　在非洲草原生存的动物让人心生敬畏，在寻常人家生活的宠物让人心生爱怜；生命的形态如此不同，却同样值得被爱、被尊重。

　　如果你不喜欢动物，你可以不理它，可以和它保持距离，但请千万不要伤害它；喜欢养宠物的人也一定要深思熟虑，一旦饲养，单纯的喜欢就不够了，要转化为责任心，对一个生命负责，不抛弃，不放弃。因为爱生命，也是爱自己。

第二镜

植物

　　从小到大我都很喜欢植物，比如文竹和多肉，记得我爸的办公室里就养过一盆文竹，翠绿翠绿的，至今印象深刻。我后来陆续养过金钱草、睡莲、发财树等绿植，由于经常出差，对它们总是疏于打理，所以现在我不特意养植物了，养死了伤心，还不如把它们留给能照顾它们的人。可不养吧，又眼馋，于是我空闲时就会去花鸟市场逛一逛，了解每个地方不同植物的品种和习性。

　　在外地拍戏时，有时看到青苔、浮萍，我也会舀一些放到水里养起来，看看这些生命力旺盛的绿色植物，心情就会舒畅许多。

一个人如何对待动物、植物，如何对待生命，能够看出他对待人生的态度。如果路边的一棵小草、一朵野花，都能够让你感受到一种心灵的互联和沟通，那么说明你是个内心柔软且敏感的人，在乎别人，也在意自己。

　　世间万物可以相互提供能量和磁场，你欣赏它们，它们就会回馈你美的感受，就会让你觉得世间美好，人间值得。

墨染

　　在横店拍戏的间隙溜出去拍照，这是在一家游乐场外面的围墙处拍摄的照片，当时阳光很好，树影斑驳，后面的墙像宣纸一样，植物的影子犹如着上的墨迹——浓淡对比总相宜，随手拍出中国画。

"虐狗"

这两朵并蒂而开的花是我在西双版纳拍到的，其实并蒂不算什么，关键是后面突然冒出了一颗孤零零的狗尾草。"在天愿作比翼鸟，在地愿为连理枝"，但是你们这对并蒂花太不厚道了，秀恩爱就秀恩爱吧，你们有没有考虑过身后"单身狗"的感受呢？

小蘑菇

　　同样是西双版纳通天树景区，不经意间发现了这个掉落在地的小蘑菇，于是我把它小心翼翼地捡起来，捧在手心里。刚下过雨，整个景区都是湿润的，我的手也湿了，可是小蘑菇短暂的一生却结束了。

石榴夫妻

这是一对挂在枝头已经干枯的石榴。

应该是在 2020 年冬天拍的,那天的天气清冷萧索,出门必须裹紧大衣,这对石榴在风中摇曳,瑟瑟发抖。石榴夫妻经历四季的风霜雪雨,从花朵长成果实,再从果实逐渐变得脱水、枯萎,等待掉落。和人一样,从年轻到衰老,再到生命的终结,转瞬即逝。

这是自然的规律,没什么可怕的,因为来年,它们将化作春泥更护花。

留白

在湖南长沙拍摄《扫黑风暴》时，趁着空闲时间逛了一个村庄，发现了这种生长在水边的植物。这种普通的植物，总被人们忽略，只有静心观察，才会发现并震撼于它的美。

拍摄的时候我想起了水墨画，所以干脆以天空为画布，选取了一个角度，尽量留白，只保留线条比较简单、比较少的枝干，也算是一种意境吧。

第三镜

风 景

　　生活并不是每天忙忙碌碌。不自觉安静下来的时候，抬头看看身边的自然万物，感受云淡风轻、阳光明媚。这是造物主送给每个人的美好时光，就看你能不能发现。

　　你能感受到万物，你就看到了自己的内心。

　　走，到自然界里去充电。

　　在非洲肯尼亚国家公园附近，在这个远离现代文明、与大自然最接近的地方，无意中发现了一所学校。

　　学校坐落在草原之中，学生们需要经过蜿蜒的小路，爬到山坡上去上学；这有点像二十世纪六七十年代我们的一些山区学校，孩子们一路说着笑着，穿梭在大自然当中，感受"路漫漫其修远兮，吾将上下而求索"。

　　当我拍摄大树下的老人这张照片时，我自己都被画面深深震撼了。

　　老人六七十岁的年纪，头发都白了，怎么也是走过了半个多世纪风雨的沧桑老者，但与身后的那棵参天巨树相比，她就像个幼小的孩童。

　　这棵树能长成现在的样子，一定经历了百年甚至千年的时

光流转，见证了沧海桑田的变迁，见证了这片草原上无数生灵的生老病死、生生不息，所以我们人类在它面前算什么呢？太渺小了，渺小到只能依偎在它怀里，回归婴儿的状态。

在非洲，有太多太多这样的树，它们与天地同在，与宇宙共存，与世间万物产生关联。它们有自己的磁场，吸引着草原上的动物经过，在它们身下驻足，不论是长颈鹿、大象，还是那只匆匆飞过的鸟儿，于它们而言仅是过客。

来了，又走了，我自岿然不动，只是默默说一句：你好，再见。

镜头转回国内。

深蓝色的苍穹下，那些不断向上伸展的树枝，每一条枝干上又旁生出新的枝丫，如同人生道路一般，走到一个路口，又有不同的分岔；挂在树枝上的那枚皎洁的月牙，散发着幽幽的白光。

那月光在我们看来并不刺眼，甚至感觉很微弱。若是回到小时候，回到乡村，回到那些没有被城市光亮过度浸染的年代，夜间行走的人会发现，月光其实很亮，它能照亮我们脚下的路，陪着我们一路前行。

　　平静的水面，并行停泊的小船，说不出的安静秀美。

　　这是在我非常喜欢的城市厦门拍摄的，取景的时候特意避开背景中的现代建筑，尽量保留湖面上三只船的倒影。

　　每座城都有自己的气质，这种毓秀只有南方才有，和内蒙古、新疆的北方壮美是不一样的。一方水土养一方人，人又赋予这个地方独特的气息，衣食住行不同，说话不同，连唱的歌也不同。

　　拍摄《功勋》这部戏时，工作人员在戈壁滩上行走，日头在她头上晒着，光芒洒向大地，让人不由得想起一句话：广袤天地，大有可为。

不知从何时开始，人们越来越缺乏与自然沟通的能力。其实我们完全可以放下手机，暂时离开任何人和事——放心吧，消失半天，世界照常，工作照常，甚至都没人发现你的消失。

只要愿意，每个人都能找一个时间和自然对话，和自己的内心对话。

我在广西拍摄了一部关于扶贫的戏，这是根据真实事件改编的电视剧，很多场景都在山里，所以手机基本没有信号。空闲的时候，我喜欢躺在阴凉下，看着头顶的云彩缓慢移动，在阴影中感受阳光的温暖，听着风吹树叶和鸟叫的声音，闻着植物的清香。那一刻，呼吸、心跳都变慢了，听力、嗅觉也恢复了。

我很喜欢与自然互联的感觉，小的时候就喜欢；人都会有心情不好的时候，这时什么都不要想，就去接触自然，静静倾听自然的声音，或是看树下蚂蚁搬家，观察一棵草破土而出，就什么烦恼都没有了——自然会告诉你一切的答案。

第四镜

朝 夕

庄子说："天地有大美而不言。"

而大美中的至美，要数每日的朝夕了。这是大自然的仪式感，是宇宙的自律，是看不见的时间里，看得见的始和终。

我拍过很多清晨和傍晚，身处不一样的境地，举头却见同一个太阳。山中、田野、荒漠、城市、山村……不管身处何方，经历天大的喜怒哀乐，宇宙洪荒，日出日落，亘古不变。

拍夜戏时，经常想起小时候走夜路，那时候的夜晚是真的黑，漆黑一片，有时孤身一人，有时和伙伴一起，匆匆赶路，正紧张害怕呢，月亮从云层中钻出来，大地瞬间光亮起来，赶路的人也就放松下来。

生命也是如此，每一个生命都应是一场温和而宽阔的经过，不同的水路或旱路，会随着生命的走过一一呈现，根本无须担心什么。

第五镜

故 居

2016 年初，在赴昆明拍《卧底归来》的飞机上，我无意中读到一篇写梁思成、林徽因在西南联大期间生活的文章。他们在昆明亲手建造了"三间房"，这是两位建筑大师一生中唯一为自己搭建的爱巢。

这段浪漫又深厚的情意打动了我，于是在大年初五剧组休息时，我专门请了个当地的司机，开车带我去市郊龙泉镇，寻找那所故居。

一排民居后面，近一米高的砖墙围住了年久失修的老宅院。没有售票处，没有看门人，也没有游人。

故居的门是锁的，谢绝参观。

但院墙矮小，站在外面就能一览故居全貌。

院内的荒芜震惊了我，门窗、屋顶全都坏掉，院子里长满了杂草，可能缺乏人气的缘故，生命力旺盛的杂草都忍受不了荒凉，纷纷死去变成干草。

遥想七十多年前，梁思成、林徽因在战火纷飞中，历经四十天的长途跋涉来到昆明。由于不知道战争何时结束，夫妻二人认为战火中也要好好生活，便决定自己设计、建造一所住房。于是，这对建筑大师在没电、没自来水、没交通工具的乡村，亲自运料，做木工和泥瓦工，建造了这三间小房和一处院落。

　　在那个战乱的年代，一家人终于有了一个可以遮风避雨的屋顶，五口之家暂时有了一个安乐窝。

　　倏忽七十余年，斯人已逝，旧宅用一身残破诉说着这一段岁月的沉重。

　　建房的艰辛，生活的困难，他们坦然接受。从清香的人间四月天，到战火纷飞中的扶老携幼，从执笔画图，到田间地头，他们都微笑承受。

　　我静静地站在墙外，忽然觉得，故居残破也挺好，人为的表象不那么重要，我们应像故居的主人一样，乐观向上。眼前的残破，供我们怀念他们曾经的风华。

南省昆明市市级文物保护单位

梁思成 林徽因旧居

云南省昆明市人民政府 公布
二〇〇三年五月二十三日

行

/ 第三场 /

走

我喜欢旅行，希望用脚步丈量一座座城市。这些年虽忙于拍戏，却也借由拍戏去了很多地方，每到一处，我总会出去走走看看。

　　每一个地方都有独特的气息，对世间万物充满好奇心的人才能感知得到。

　　人在旅途中有无限可能，一路遇到的人、事、物会成为某种参照系，让你从中找到正确的定位，照见自己的内心。探索世界的过程，也是我得以安静聆听内心声音的过程。

　　旅行不是旅游，我很少去旅游景点打卡，而是走进城市的深处，在市井生活中探寻一座城市的脉搏，在老街深巷中感受独特的烟火气息，这样才能读懂一座城市的风物与人情。

　　读万卷书，行万里路。我希望自己能这样。

第
一
镜

马
赛

心灵之地

拍摄《温州两家人》时，有几场戏是在法国南部拍的，拍摄间隙，我背着包挎着相机，在交流基本靠比画的异国他乡走街串巷。

法国马赛是一座拥有上千年历史的古城，也是渔港，来到这儿，你见到最多的不是汽车，而是停靠在码头的各式各样的游艇。许多人出行靠船，这里的停船场规模都不小，那种千帆林立的场景，在别的城市很难一见。

而我出行靠脚——用了三四天的时间，走遍马赛的大街小巷，丈量着脚下的土地，凝望着湛蓝的天空和地中海，心情都跟着变好起来。城市不大，既有繁荣的一面，也有掩藏不住的粗陋，像极了琢磨不透的法国女郎，矛盾而迷人。

从港口出发，步行不到一个小时的时间，便可以去到著名的伊夫岛，也叫"基督山伯爵海岛"。学生时期读过大仲马的《基督山伯爵》，男主角爱德蒙被小人陷害入狱，忍辱负重14年，后化身基督山伯爵，先报恩后报仇，至今还会被他爱憎分明、坚韧不屈的品质打动。

也许马赛人骨子里早已被这种精神浸润，所以他们更加强调自由、平等。难怪马赛成了法国历史上的革命圣地，《马赛曲》则成了法国的国歌。

如今的马赛人，更加享受闲适的时光。你总是可以看到坐在港口边、沐浴在阳光中呼呼大睡的人，仿佛没有一点烦心事。

马赛人把最美的地方都留给了教堂，在我拍摄的照片中，六芒星般的太阳下便是圣母院，它坐落在制高点，在群山和地中海的环抱之中，是人们可以存放心灵的地方。

第二镜

画 家

　　用脚步丈量完马赛后，我坐火车前往慕名已久的阿尔勒，去感受艺术史上的惊叹号——凡·高的最后时光。

　　1888年2月，凡·高踏上南下的火车前往阿尔勒。122年后，我试图踏着同样的足迹，去感受122年前的时空，和那个被称为天才、狂徒、精神病人、悲剧主角的画家相遇。

　　第一脚踏上阿尔勒的土地，第二脚就心甘情愿地被明媚而热烈的南法时光包围，也明了为什么说阿尔勒给凡·高带来了短暂的理想世界，让他把生命的最后三年燃烧于此。

　　凡·高除了画画之外，还有一个爱好就是喝咖啡。他在写给弟弟的信中说："我相信终有一天，我的画能在一间咖啡馆里展出。"到了阿尔勒后，他经常去费罗姆广场旁边的一家叫兰卡散尔的咖啡馆，这家咖啡馆能被凡·高青睐，我猜可能是因为它通宵营业，凡·高甚至在这个咖啡馆里借住了一段时间。

当然了，也没白住，他创作了两幅著名作品：《夜晚露天咖啡座》和《夜晚的咖啡馆》。

  如今的兰卡散尔咖啡馆已更名为凡·高咖啡馆，并且依照画作布置桌椅，我对着《夜晚露天咖啡座》在心中默默调整机位，找到凡·高当年创作这幅画时的位置，然后点一杯咖啡，从 122 年前的凡·高视角静静观看。

  时光轰然而过，如浪涛席卷沙滩，天大的爱恨、不平、执念都一抹而净，看似无情，又似乎留下了什么，生命短暂，却也永恒。

　　离开凡·高咖啡馆，我继续追寻前人足迹，前往位于城郊的朗卢桥，凡·高生前经常背着画板，辗转近两个小时来此地写生。毫无意外，朗卢桥也被称为"凡·高桥"了。

　　这座其貌不扬的木桥曾被拆毁，幸得凡·高《阿尔的吊桥》，人们才在1962年按画作原样重建了它，但经过不少细心人比对，

据说桥的形态与最早相比略有差异。桥旁边立着一块提示牌，提醒游客这座普通木桥的非凡身份。

虽然声名显赫，但毕竟坐落于郊区，少有行人，倒更显珍贵，于是我不可免俗地来了张游客打卡照。

不 · 奕 · 乐 · 乎

　　在阿尔勒居住 10 个月后，凡·高做出了让自己彻底贴上疯狂标签的行为——割耳朵，随后被送入阿尔勒医院治疗。后来由于游人如织，实在影响医院的正常工作，于是医院搬走，这里彻底改为旅游景点，称为凡·高疗养院。

　　不得不说，这里很适合疗养，高大的树木伸长枝条迎接阳光，阳光均匀地洒在花园中，花朵一丛一丛的，喷泉缓缓流淌，水池里的鱼儿轻轻游动。我相信这份宁静和安全，应该抚慰了凡·高当时绝望的内心，于是他挑选了一个比较高的视角，经过我的比对，应该是二楼阳台，勾勒出这幅《阿尔勒医院中的花园》。

　　由于要赶回去拍戏，无法等到夜晚看看凡·高笔下的《星月夜》，但阿尔勒一日慢行，想象 122 年的时空交叠，已是足矣。

　　很多人说，即使是对艺术一窍不通的人，在看凡·高画作时，也会被其中的热情深深震撼。终于切身体会一个疯狂燃烧自己的男人，在浪漫美丽的法国南部，画风和内心都蜕茧成蝶，最终成为震撼世界的"凡·高"。

第三镜

石　路

在克鲁姆洛夫，走过最多的便是这种石头铺就的小路。

不管是古堡，还是市政厅，白天看上去再壮丽的建筑，每到夜幕降临，城市打烊之际，都会被涂抹上一笔温柔、暧昧的色彩，在昏黄街灯的映衬下，不由让人想起凡·高的油画。

我曾在国内很多南方的小镇见过类似的石板路。尤其是雨后，湿漉漉的感觉体现的是一种婉约之美，就像戴望舒《雨巷》里写的那样，我也期盼有个撑着油纸伞的丁香般的姑娘，走在寂寥的石板路上。

克鲁姆洛夫的石路没有出现丁香般的姑娘，但地上的每一块石头，也都经过了上千年的岁月打磨；时光倒流至这座城市最繁荣的16世纪，可以想见，无数脚印、马蹄和车轮踏经此地，痕迹不断叠加，该是一副多么热闹的场景。

这里有晚上才营业的酒吧，有看似随意的涂鸦，有古老的门洞、粗糙的石条和早已斑驳的墙皮，踏足这里，如同走进时光慢旅。

　　此刻，我唯一能做的，便是用手中的相机记录下这些画面，让它们在我的心里连缀起来，形成永恒的回忆。

第
四
镜

彩

房

窗子前，恰好可以将这些房子尽收眼底。

望着五彩斑斓的屋顶，如同置身于童话王国，提供唤醒服务的是云雀服务生，为你送来早餐和报纸的是兔子管家，出门还能碰到友善的邻居狮子先生和高贵的豹子女士。

在我小时候，听大人讲童话故事无异于得到一份珍贵的礼物。男孩子其实也相信童话。记忆中的那些童话、寓言，曾深深地烙印在脑海中，七八岁之前，真的相信这世上有神仙。

然而人生的进程往往呈螺旋状上升，有时候快得连自己都反应不过来，瞬间被迫长大；学生时期学业的繁重，成人之后工作的压力，都推着我们不断向前奔跑，难得可以停下来喘息。于是，早就忘却了那些童话，就算记得，也不会相信。所以，我们才想回到过去，才怀念童年那个对万事万物都感到好奇的自己。

如今，我很庆幸自己是一名演员，可以体验不同角色的人

生；更庆幸自己经常出演配角，才有更多的时间和机会行走各处。在我看来，成年人同样可以拥有童话，当你不用为了基本的温饱问题奔波，当你能够坦然地面对平淡生活，当你收起自己的欲望、展露最纯粹的内心，或是像我一样，在拥有彩色房子的克鲁姆洛夫住上两个月，你就会发现，生活原本就是一场童话剧。

第五镜

不　丹

　　很多人说不丹是"幸福指数最高的国家"，这里你看不到什么摩天大楼和四通八达的马路，也体会不到被现代文明浸染的生活方式；这里和"时尚""摩登""先锋"毫无关联，全民信奉佛教，按照节气和时令过着原始的农耕生活，却也注重教育；这里无人乞讨，一派祥和，看不出贫富差距，因为大家的生活都差不多；这里每个人的穿着打扮都很简单，脸上都挂着质朴的笑容，无论是受人敬仰的僧人，还是田间闲坐的百姓，只要被你拍到，无时无刻，都会对你报以微笑。

置身此地，你会感慨回到了若干年前儿时的生活——如果你是个念旧的人，有机会一定要来不丹看一看，这里藏着你最想回忆的那段时光。

第六镜

建 筑

　　建筑如一座城市的穿衣打扮，能让人第一眼感受这个地方
的气质，不同的建筑，传达不同地方的气息与审美。我喜欢拍
摄穿梭在建筑之间的人，表达的是二者相互勾连和对应的关系。
在建筑的映衬下，人变得更加灵动，建筑也似乎"活"了起来。

　　在马赛，高大美丽的建筑大多是教堂，它们有着美丽的穹
顶、圆柱、台阶、雕塑。在这里，廊柱如同琴弦，人如同音符，
冰冷的石柱瞬间有了情感。

  距离马赛火车站不远的大桥，我看见一人站在桥上远眺，桥上有威武的狮子，浅色略带斑驳的桥体配上湛蓝的天空，让这里的空气都弥漫着肃穆与浪漫合二为一的迷人气质，看上去颇有意境。

  待那人离开后，我一时兴起也跑上去，摆出同样的造型。蓝天下，石兽旁，留念之。

大 门

　　一扇门，能开启一个世界，也能隔绝一个世界，大门如此，心门也如此。

　　当步入一座城市，感受扑面而来的人文和历史，嗅着属于这个城市独有的气息，大街小巷的门是我经常驻足的地方。

　　站在形形色色的门前，忍不住想要窥探，每一道门背后会有怎样的故事？推开门，打开的又将是怎样的世界？门后会有什么样的人居住？有多少人曾进出这扇门？

　　一道门，无声见证了几代人的生命和悲喜。

在布拉格小镇的古老街道上，有很多瘦高的老木门，人只有它的一半高。厚重的门板挺立，近距离看却布满沟壑和斑驳，就像一位优雅的老绅士，虽然身姿挺拔，却掩不住满面沧桑。

　　途经一扇有趣的门，这扇门在时光的洗礼下通体靛蓝，古老而斑驳，有趣的是，圆形的金属门把手不在锁旁边，而是罕见地位于老门正中央，这要怎么推门而入呢？显然，它经常被使用，由于被太多人抚摸而光滑闪亮，和斑驳的门身形成强烈对比，但这一老一新，都是时光的印记。

　　相比民居的老门，新店开张的气球拱门就没那么独特了，全世界都长得差不多；再行几步，神秘的雕塑拱门就很有存在感了，尤其是上面蹲坐的三个精灵，似乎盯着来往的路人。我想这里是剧院或电影院吧，难不成是剧本杀、密室逃脱的地方？反正我没敢进去。

国外的教堂和我们国内的寺院有一些相似的特质，年岁越久，越有一种浑然而成的肃穆气场。经过这座教堂时，我一下子被吸引了，驻足望去，有一种说不清道不明的触动，就想安静地站一会儿，感受时间的滴答，感知此刻身在异国他乡的自己。

　　时间仿佛放了慢倍速。忽然，一位身着深色长袍、头戴白色围巾的修女缓步走来，像慢镜头般缓缓走入这浑然天成的画面，于是我下意识地按下快门，定格这份时空的馈赠。

　　在克鲁姆洛夫的城堡里，从不同的通道往外望，似乎有一扇无形之门在那里，犹如透明却坚韧的结界，隔绝了门里门外几百年的时光。它用宽厚的胸襟接纳来自世界各地躁动的心，离去时为每人捎上一片浸染百年时光的宁静。

　　门具有一种天然的仪式感，能打开一个世界，也能隔绝一个世界。我家选的也是厚重的木门，我喜欢慢慢开启，慢慢关闭，花费一点时间，是一件非常有仪式感的事。我对电子锁有点拒绝，虽是科技产物，但会让家变得像酒店；我反而喜欢繁复精密的老锁头，配上厚厚的大门，有一种厚重感和安全感，这才是家。

第八镜

时　光

2019 年 11 月，沾了《猎狐》的光，我随剧组前往捷克拍跨国追逃的戏，拍戏之余，我独自一人坐大巴前往克鲁姆洛夫小镇。那是一座有着八百多年历史的小镇，伏尔塔瓦河从镇中穿过，两边的宅子都有着数百年的历史。

我走进一处中世纪风格的照相馆，里面挂满了在这个镇上住过的摄影师的照片。照片里，记录了很多远去的那个年代克鲁姆洛夫小镇的样子。时间在这里犹如定格，这个曾经的照相馆也被改为照相博物馆，宅子中的陈列原样保存。

通过主人拍摄的一张张照片，我看到了一百年前他生活过的克鲁姆洛夫小镇；站在窗边看向窗外，是一百年前他看到的老墙深巷；二楼起居室的墙上，还挂着曾经女主人的照片，我坐在她梳妆台前的沙发上看着镜中的自己，那一瞬间，几乎能感知到她的脉搏和呼吸……时光折叠了起来。

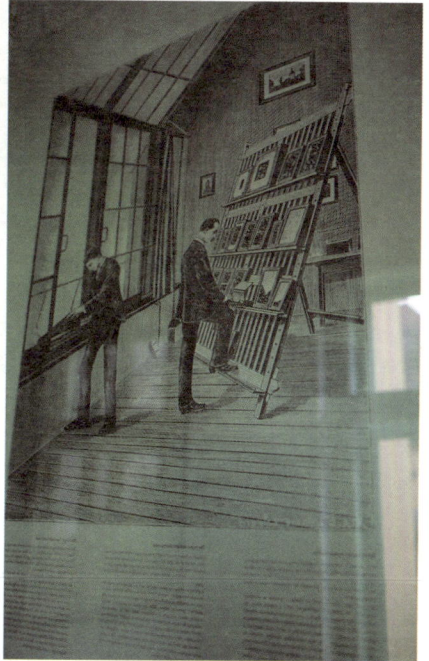

第
九
镜

集
市

　　跟随《猎狐》剧组到布拉格时是下午，一落地，我就被迷人的异国风情迷住了。第二天没有我的戏，于是一大早我就挎上相机行走。正好赶上当地周末的一个集市，与它相会我愿称之为缘分，因为我没有看地图，也没有请导游，就是沿着伏尔塔瓦河信步而行，就像误入桃花源，迈入小镇热闹的清晨集市中。

　　摊主们很多是附近的居民，把自己家酿的酒、饮料，做的巧克力、蛋糕等拿出来，支个小摊子，边卖边吃，和邻摊大声聊天。不仅整个集市气氛热闹，每个人脸上都洋溢着笑容，人们穿着舒服随意的衣服，尽管身材肥胖，但表情放松，眼神清澈，笑容极具感染力。

　　我一路走，一路克制蠢蠢欲动的食欲，毕竟还要拍戏，但走到啤酒摊时，看见色泽澄亮的自酿啤酒，老板端着一大杯自饮，实在没忍住，就买了一杯。老板一看就是懂啤酒的人，他没用

纸杯装酒，而是抄起一个大的玻璃杯灌满递给我，我一口灌下，泡沫浓密，激荡着味蕾，真凉啊，透心凉，也真爽！老板看我咕咚咕咚地喝完，挺着啤酒肚哈哈大笑。

我经常说，如果不做演员，我一定要做个快乐的胖子，尝尽天下美食。然而，一路克制的心被一大杯啤酒解开了封印，于是鲜嫩的牡蛎、浓香的巧克力、甜脆的饼干、松软的糕点……所到摊点，一一品尝。果然是世间万物，唯美食和爱不可辜负，味蕾的满足带来满满的幸福感。

临近中午，我是吃饱了，摊主们也饿了，于是他们或坐或站，或三五一群围着一个小桌，拿出贩卖的食物自顾自地吃喝起来。简单的食物，吃出大餐的味道和无所顾忌的轻松。

快乐，才是这个集市上最珍贵的商品。

第十镜

街
头

沿着伏尔塔瓦河一路前行，途经一个小广场，发现广场一角人群簇拥，传来优美而欢快的音乐声——有热闹岂能不看？移步过去，只见几个人正在进行街头表演，他们背着吉他，随意地站成一个圈，身体随着音乐的旋律律动。

我很喜欢这种街头表演，三五音乐好友在街头一站，弹起吉他放声歌唱，姿态随意，心情放松，灵魂自由快乐。有没有人听不重要，也不关心有没有小费，途经的行人愿意参与的就一起摇摆几下，赶时间的人虽然步履不停，也会面露微笑，这就是音乐的自由和美好。表演者来得随心，走得也随意，可能放歌几首之后便抬步而去。不强求，不讨好，歌者和路人，各自自由安好。

一路走到查理大桥，再次被音乐洗礼，这次偶遇的乐队和第一张图中乐队的自由奔放风格不同，他们的音乐水准非常高。大提琴演奏优美异常，把露天街头的表演，演出了音乐大厅的感觉。他们沉醉音乐中，旁若无人，给本就古老的查理大桥再添一抹庄重华贵的氛围。

我被音乐气氛感染，当时还拍下视频发了微博，记录了波光粼粼的伏尔塔瓦河和优美的大提琴演奏。

真的很羡慕那种能随口歌唱、随手弹奏乐器的人，总觉得他们的快乐更容易表达，悲伤也更容易宣泄。可惜我对此完全不在行。唱歌的话我勉强还能嚎两嗓子，乐器实在不行，曾经下决心学过一段时间古琴，真的很喜欢，但由于常年在外拍戏，疏于练习，渐渐忘光了弹奏手法，空留一颗向往的心。

第十一镜

流浪

　　我是一个愿意享受孤独的人，很宅得住。

　　我不太喜欢热闹，基本不组织饭局，也很少参加人特别多的饭局，就连生日都懒得过，凡事越简单越好。

　　我经常刻意让自己孤独，享受一个人的时光，所以我才会挤出那么多时间一个人旅行，一个人拍照，一个人去深街小巷探寻美味。

　　我最享受的事就是挎着相机，深入各个城市的深街陌巷、山水之间，感受不同地方独特的烟火人情、历史人文，观景观物观人。

　　有时候会想，我是从什么时候开始享受孤独的呢？年轻时也曾害怕孤独，害怕前路未知的迷茫。接受《人物》杂志采访时，记者问了我一个问题：有没有经历过生活难以为继的时候？

　　有，当然有。

　　大学毕业后的三五年里，是我经历迷茫和孤独的时候。那时的自己，心里憋着一口气，强迫自己要坚持，不要放弃。至于坚持下去会成为什么样，心里并不清楚，只是倔强地认为不要动摇，以后肯定会好起来。

那时候我一个人租住，每天一大早爬起来，在包里揣一个苹果、一根黄瓜就出门了，从西山八大处走到香山，一口气爬上香山最高处，那地方叫鬼见愁，地势高而险峻，人很少。我掏出苹果和黄瓜，就着呼呼的山风大口吃掉，经常吃着吃着一抹脸，发现满脸泪水。

兜头盖脸的呼呼山风，寂静无人的山间小路，强迫我安静下来，静静思考接下来的人生之路该怎么走。我经常一待就是半天，表面一动未动，内心却波澜起伏，聆听，观察，思考，以及排毒，把心中的苦闷、憋屈、艰难像毒素一样一点点排解出去。

那段孤独时光的磨砺让我一生受益。我爱上了孤独，享受与自己对话，享受一个人行走。

正因如此，我经常被孤独的人吸引，我总能发现深街陌巷中孤独的背影，喧嚣热闹中孤独的灵魂。我拍下很多流浪者，我想他们都是内心强大的人，承受生活之重，仍然勇敢生活，绝不能用世俗的眼光看待他们。

　　马赛的街头，其实很少看到流浪汉，我愿称他们为独行者。古老又颇具现代感的城市里，一个男人独自坐在街头、火车站、台阶，他从哪里来，在思索什么，即将去往哪里，夜晚何处落脚，我很想探寻，又不愿打扰。

布拉格，伏尔塔瓦河畔，一位流浪老者坐在河边椅子上，沐浴着初冬的阳光，静静看着报纸，目光平静。

仿佛被这份孤独和平静打动，湛蓝的天空飘过一线孤云，伏尔塔瓦河上成群结队的天鹅里缓缓游过来一只，还有镜头外在异国他乡独自溜达的我。

这样的孤独还会孤独吗？

　　古老的查理大桥犹如一部不断播放的电影，有优美的大提琴街头表演，有闹别扭的母女，镜头又转向一个流浪者的世界。

　　他虔诚地跪拜在查理大桥的一尊雕塑下，那些雕塑是西方众神，在他的信仰里，那些神会眷顾他们的子民。

　　他应该是遇到什么难处了，或正经历苦难，希望得到神明的帮助。

　　高高在上的众神，看到他虔诚的跪拜、听到他虔诚的祷告了吗？他心中的神何时才能眷顾他呢？

很多流浪者会养狗，他们流浪或静坐乞讨时，狗子会温顺地待在身边，一人一狗，相互陪伴。

我猜狗也曾是流浪狗，与流浪的人遇见，两个形单影只的生命结成伴儿，从此相互取暖，相依为命。

第一张图我在微博和朋友圈都发过，流浪汉用小花被抱着自己的狗，这个小花被目测是他身边最崭新的东西，应该是他自己取暖的被子，却理所当然地和狗子共享；狗子则全然放松地仰躺在主人的怀抱里，放弃最本能的俯卧或侧卧姿态，把脆弱的肚皮完全展露出来。

这已不是主人和狗了，而是家人，是亲人，是相依为命的伴儿。

查理大桥上的流浪者和狗，给人一种父母抚摸孩子的错觉，他应该每天带着狗子"上班"，他会叮嘱狗子，要乖哦，不要乱跑乱叫。狗是通人性的，它能准确感知主人的情绪，不给主人添麻烦，毕竟它是父母最乖的毛孩子。

第十二镜

独 行

曾有朋友问我，拍戏的时候孤独吗？

我说，能问出这句话，说明你懂我。

拍戏的时候，片场人马忙碌，调度、摄像、道具、演员等各司其职，我会让自己沉浸在角色中，保护自己为角色调度出来的情绪和感知。没我的戏时，我会安静地在一旁等待，看似平静，其实内心的知觉全部打开，敏锐地捕捉周围的变化。我经常突然跟助理说，到我的戏了。助理说没有啊，然后就听导演喊我，说到我的戏了。

到了戏中，现实中的刘奕君就不存在了，他被推搡进一个角落，啪地锁上，那一刻我就是为角色而活了。

所以，拍戏时我孤独吗？是在喧闹中观照自己的那种孤独，我享受这种孤独。

朋友又问，那不拍戏的时候你孤独吗？

不拍戏的时候，更多的是一个人的时光，大多宅在屋子里，泡一壶茶，翻一本书，看一部电影，听听时事新闻，看看微博热点。我喜欢一个人，但我更想了解这个世界，观察不同人的生活状态，感知他们的喜怒哀乐，猜测他们的生平境遇。

　　这是孤独吗？如果是，那我享受这种孤独。孤独不等于寂寞。

　　我喜欢独行，也不害怕与人交往，我很少主动组局，但别人喊我出去吃饭我也愿意去。一方面，我不想慢待朋友，另一方面，我也省事了，毕竟把大家聚拢起来不是一件容易的事，要考虑到场各位的背景、关系、熟悉程度，要不断抛出话题避免冷场，还要控场，照顾到每个人的情绪，一场饭局下来，累得够呛，我实在不擅长，还是交给那些得心应手的专业选手吧，我做个陪聊蹭饭的挺好。

　　除了宅在家，以及偶尔的陪聊蹭饭，不拍戏的时候，我做得更多的是戴顶帽子、拎个相机，深入街头巷尾，拍市井人家，拍路人景色。

　　独自一人，用心灵感知，用脚步丈量，用相机记录。
　　把自己还给自己，把别人还给别人，让花成花，让树成树。
　　这就是这节"独行"的用意。
　　我独自一人，遇见那些独行的人。
　　孤独吗？并不。

　　马赛街头，古老的电车轨道旁，一个身姿苗条的女子大步走过，别致而鲜艳的裙子给周围的灰色环境增添一抹亮色，惊鸿一瞥，法式风情。

　　马赛街头有一些高大的雕塑马，既是迷人的街头艺术，高大的马腿也能为疲惫的路人提供短暂的休憩和庇护。坐在马腿旁摆摊的异国阿婆，是在用塔罗牌占卜吗？我的运气应该还不错，就不打扰了。

　　前面说过，马赛最好的地方几乎都贡献给了教堂，逛至又一座大教堂时，由上而下看，阳光下，建筑的线条干净流畅，坐在台阶上的人错落有致，非常美。近处这位戴黑头巾的女孩吸引了我，她捧了一本娱乐画报之类的热闹小书，眼神却看向远方，极为专注，又完全放空。

美丽的布拉格广场，夕阳下，广场的每一块砖都镀上了一层柔光，一个女子慵懒地站在光影中，影子被拖得很长，远处的建筑和城堡、近处三两成群的人们，都成了她的背景，专为映衬她的 C 位之美。

黄昏的布拉格，油画般的色调，城市浑然有种浓浓的浪漫。古老的街道上，连一名扛着铁锹的清洁工、一个稍显佝偻的男人背影，都有一种"入画"感。

　　我猜这位背着背包的男人，或许是位老牛仔，他头戴经典牛仔帽，身穿厚厚的牛仔夹克，一身二十世纪电影里的牛仔装扮，他应该不是本地人，难道他来自牛仔家庭？多年骑马让他的腿都有些弯曲了。他背上不大却鼓鼓的背包里，应该装了简单的行李，他的家或许离这里不远，是独自一人来探亲吗？

马赛的公园，温哥华的街头，伏尔塔瓦河畔，以及世界各地其他地方，我见过很多独行女子的身影，不管她们或静或动，或坐或卧，在这一刻，我看到的是她们迎风起舞的样子；她们或许是女儿、妻子、妈妈，在这一刻，她们都是时光的少女。

　　利用在奥地利拍戏的间隙，我照例闲逛，搭乘有轨电车，漫无目的地游览。途经一座古老的教堂，沙黄的墙壁上镶嵌着神明的雕塑，神秘而庄重。正巧，一位身着中世纪服装的男子，犹如牧师般站在教堂的高墙下，那一刻，时光倏忽闪回到几百年前。

在"电车导游"的带领下，告别中世纪牧师不久，又偶遇一位身披黑纱的阿拉伯女性，裹得严实的黑纱随之走动而飘摆，神秘而复古。

穿水手服的是当地的导游，心不在焉地喊住游人，推荐自己的路线，能不能成行，全靠运气。看样子，他也是"偷得浮生半日闲"。

我乘坐的怕不是一列穿越时光的电车吧，带我穿梭在奥地利的当下与历史之中。

下面二位是本期独行者里最安静的了，不是放空的安静，而是隐藏强大力量的安静。

教堂里，一位白衣金发的女子在虔诚祈祷，也可能是闭着眼睛静思，感受信仰带来的力量；伏尔塔瓦河上，一只美丽的天鹅远离族群，独自浮在水面，优雅的身体随着水波自然漂动，似乎在思考"鹅生"。

这就是独行多静思吗？

第十三镜

成双

除了喜欢拍独行的人，我也着迷于记录成双入对的人。两个陌生人，因为某种缘分，相识，相爱，牵手，拥抱，接吻，两个生命体亲密关系的形成，让我觉得很神奇。

我拍过很多"成双"的人物，通过他们的身体形态，就能大致判断出两个人的关系，有身处热恋中的，也有归于平淡的……我喜欢揣测人与人之间的关系，猜测他们的亲疏远近，脑补他们的故事。

相识

　　我发现，最亲密热烈交谈的反而是陌生人，初次相见或者不太熟的人，为了避免尴尬，或是在异性面前表现自己的魅力，会尽量热情而得体，冷场是不被允许的。

　　在街头，马车夫和游客在攀谈，可能单纯就是为了推销自己的马车服务，却让人有一种茫茫人海有缘邂逅、未完待续的故事感。

相知

两对非常年轻的身影，没有特别亲昵的举动，在美丽的布拉格，如天上的两朵云，悄悄地并肩，不曾逾越界限。

这样的干净，配得上"浪漫"二字。

殊不知，你们在桥上看风景，看风景的我在楼上看你们。

相恋

在温哥华的海滩上，黄昏时，一对恋人甜蜜相拥，在光影中定格成一幅浪漫的剪影，美得不像话。

怪不得现在的年轻女孩喜欢看甜宠剧，看看这些热恋中的人，爱情的甜蜜似乎要从照片中溢出来，太甜了！那就再来两张。

在国外，能看到很多相拥接吻的爱人，表达方式简单热烈，不吝于展示：我们正在经历美好的爱情，我们甜蜜且快乐。

在国内，就很少能拍到拥抱接吻的照片了，举动亲密点的，要么是很年轻的恋人，欣赏彼此，满眼都是爱意；要么是老夫妻，出门时牵着手，相扶相携。中间阶段的成年人呢？在日益负重前行的路上，是否也日益追求含蓄内敛、老成稳重？在他们看来，小孩子才肆意说爱呢。

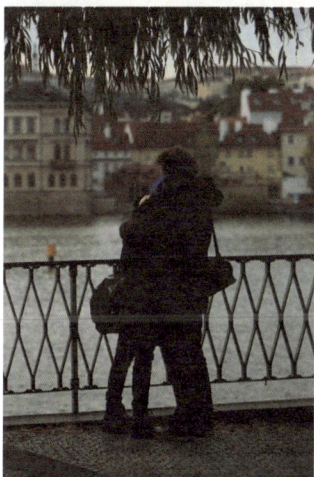

相携

热恋期过后是什么？激情退却，牵手应对日常。

看两个人的关系近不近，不是看他们的交谈是否热烈，举止是否亲密，而是看他们不说话时是否尴尬；如果两个人可以毫无交谈地并肩行走，气氛丝毫不尴尬，那么他们不是家人，就是老友。

其实，相比拥抱，我更喜欢牵手的关系，因为拥抱虽热烈，但牵手更具备细水长流的特点，更能经受生活的琐碎。

第三张图令我印象深刻，布拉格的街头，寒风中两人牵手走来，行色匆匆，默契无语，我瞬间被打动。在他们走过的刹那，我举起相机盲拍，记录下这场缘分的交集，却没有丝毫惊扰。

相守

　　一对老夫妻刚从一家商店里出来，似乎在分配购买的物品，或是商量下一站去哪里，不紧不慢，一看就有生活多年的默契和从容。

　　我特别容易被老年人特有的从容打动，他们很少慌里慌张，气息和动作都是慢慢的，稳稳的，有一种经过时光打磨后的淡定。

　　这一镜是我脑补的爱情全过程，愿这些大洋彼岸的有缘路人爱情甜蜜，也愿他们串起的爱情故事打动了你。

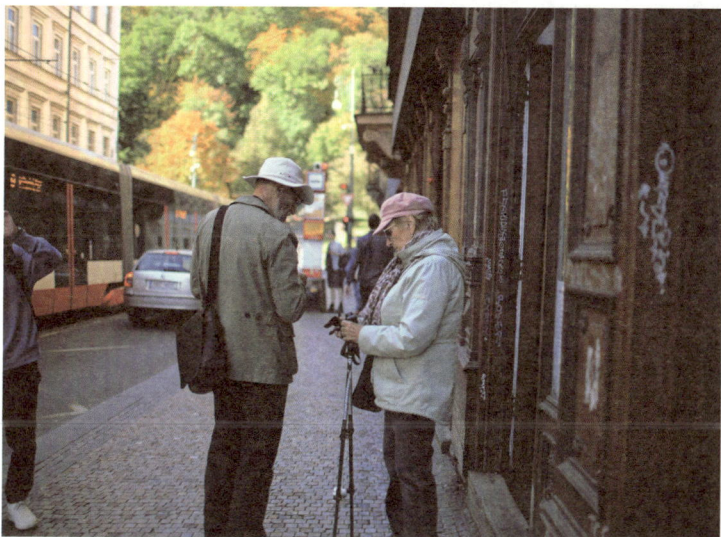

第十四镜

快
乐

　　于我而言，行走无疑是快乐的，所以这部分内容的最后一节，我希望以"快乐"收场。

　　曾经看过一个调查，在街头拍路人，成年人的表情几乎都很严肃，很凝重，都不太高兴，很少能拍到陌生人的笑脸；然而孩子不是，几乎每个孩子都是笑着的，就算是哭，他们也哭得生动。

　　为什么呢？因为孩子的内心单纯干净，他们的快乐很纯粹，不仅快乐得快，快乐得久，而且更容易获得快乐。
　　所以，这里封存了几份孩子的快乐，以供日后疲惫时，为自己续航。

在阿尔勒，偶遇一群天使。

走入阿尔勒的一条小街，发现街道两边的门槛上，面对面坐着几个年轻的姑娘，她们应该是来旅游的，声音轻快，脸上是少年人特有的干净明朗。我举起相机就是一张。

当我从她们面前走过，她们毫不避讳地看着我，面带微笑，眼里是满满的善意。我用法语跟她们打招呼："Bonjour."她们热烈回应，于是我又拍了一张。

她们看着我愉快地大声交谈，我猜她们一定在说："他是东方人，好帅啊！"

当我走远之后，依稀能听见她们欢快的笑声，于是我回头第三次举起相机，她们纷纷探出头来配合我。

少年美好，明亮如斯。

在非洲，遇见一群快乐到飞起的孩子。

和家人抵达非洲野生动物园后，在一个火山口旁的公园营地里，被几个孩子的快乐感染。

他们或许是一家人，也可能是老师带的班里的孩子。安营扎寨后，也许是领队的大人说："看谁先跑到前面那棵树下，谁就能得到一个奖励。"于是孩子们欢笑着向前跑去。

孩子们的快乐就是这么简单，却极其感染人，仿佛能透过照片听见他们的笑声。

　　在法国，发现一个在喷泉前跳跃的孩子。

　　在拍摄《温州两家人》期间，我从酒店的阳台俯瞰，院子里的喷泉刚好喷起，一个孩子看见高高的水柱，高兴地跳起来。

　　当时是在白天，光线很好，但那一刻，孩子跳到光影里，和喷泉一同跃起，将白昼的画面定格成美妙的夜晚。

角

色

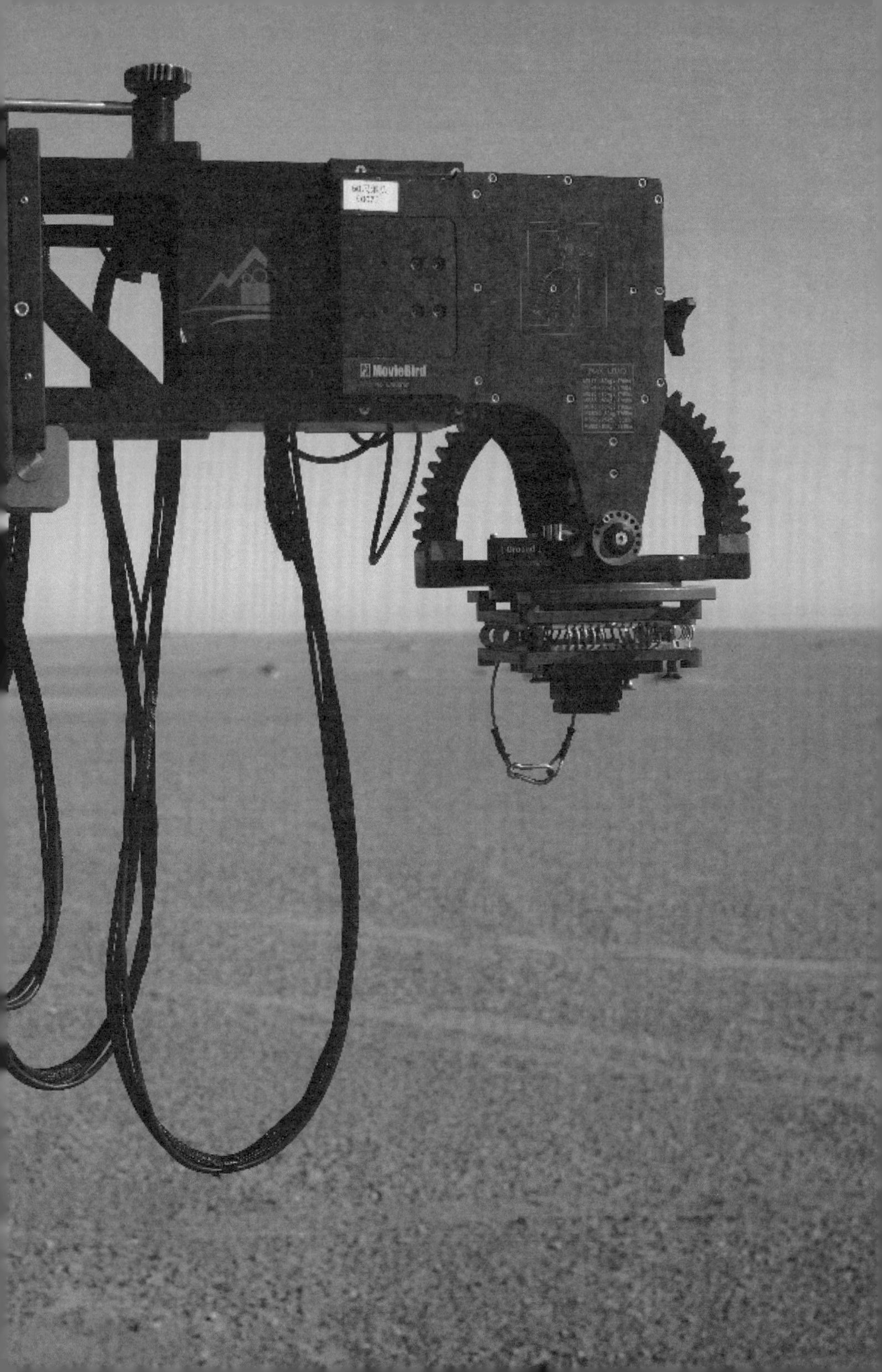
MovieBird

人的一生中会遇到很多人，有的成为家人、挚友、老师、同学、同事，有的仅一面之缘，更多的是擦肩而过，这些深深浅浅的缘分组成每一个人的生活和情感。

　　而我，又是幸运的，除了遇见现实中不同的人和事，还遇见不同的角色，走入他们的人生，感受他们的喜怒哀乐。于我而言，他们不仅是故事中的人，更像平行世界中的另一个我，我们在各自的世界中真实生存，他们也在我的心中珍贵地封存，构成如今更为丰富的我。

《父母爱情》之欧阳懿

一个知识分子的尊严和自我救赎

> 我是欧阳懿,我不是老欧!

　　《父母爱情》这部国产家庭情感剧,直到若干年后的今天,每逢寒暑假,电视上依然反复播出。这部由孔笙导演、刘静编剧的影视剧,是2014年国产剧豆瓣评分榜的第一名,有超过22万人为它打出了平均9.5的高分,收视率最高破3,创下收视佳话和奇迹。刘奕君扮演的欧阳懿,是一个思想前卫、时刻追赶潮流的知识分子,他把知识分子身上的清高劲儿演绎得淋漓尽致。

《父母爱情》本来讲述的就是江德福和安杰的爱情，通过四十多集的剧情，观众可以完整窥见他们的生活，感受那个年代最质朴的情感。我演的欧阳懿，剧本里着墨并不多，但这个人物经历了三个重要的历史节点：新中国成立初期、十年动荡、改革开放。他的三次出现，跨越了三十多年，概括了欧阳懿从青年到中年再到老年的人生缩影。

　　单纯看剧本，很难拼凑出欧阳懿的人生，需要演员自行"脑补"。要说一点压力没有是不可能的，一旦抓不住人物内心，演不好，这个角色就是塌的，没有说服力。

　　进剧组后有两个月的时间，我每天都在寻找这个角色的心理逻辑和依据——欧阳懿到底是怎样的一个人，他出生在什么样的家庭，父母对他有什么样的影响，他有哪些独特的性格和小习惯，有哪些坚持和原则？在遭遇挫折后，他会有怎样的心态，是反抗还是逆来顺受？在生活回归正轨后，他会欣然接受还是有一个逐渐反应的过程？

　　为了这个角色，我变得异常敏感，变得不愿意和亲人、朋友多说一句话，因为我在为这场戏做准备，在想尽办法保护这个角色在自己心中的那份敏感和脆弱。

　　终于有一天，我找到了人物的感觉，甚至到了今天，电视剧的音乐响起，曾经的画面出现，我还是能进入欧阳懿的人物状态。

酒桌戏

有一场酒桌上的戏，要求喝一顿酒的工夫，就把欧阳懿经历了十年的委屈全部演出来。

故事的背景是这样的：欧阳懿平反了，带着妻子和双胞胎女儿来到江德福和安杰的家中。饭前，江德福特意交代家人，千万不要管欧阳懿叫"老欧"，而是要叫"欧阳"，每个人都遵守着这个约定。

酒过三巡，欧阳懿喝多了，从一开始的谨小慎微变得胆大起来，竟然和江德福拼起了酒。妻子安欣怕欧阳懿喝多失态，顺口叫了一句"老欧"，那一瞬间，欧阳懿内心蹿动的小火苗被点燃了，于是问旁边的江德福管自己叫什么，江德福老老实实地回答叫他"欧阳"，没想到欧阳懿借此发飙，非要让人叫自己"老欧"。而当安欣忍不住阻止他继续喝酒叫他"老欧"时，欧阳懿彻底崩溃了，甚至抽泣起来，这种抽泣是脸部的扭曲加之身体的抽搐，并用气声重复着一句话："我是欧阳懿，我是欧阳懿，我不是老欧！"

为了能让观众对这个人物产生共情，我当时的抽泣是真的抽泣，最后几乎喘不过气，像要断气一样。拍完这场戏，我整个人都虚脱了，缓了好久才缓过来。

可能有人会说："你又不是主演，用不着那么用力演吧？"但是在我看来，不管主角配角，在你演绎的那一刻，你就是主角；故事由你展开，情感由你渲染，你的每一个动作，每一句台词，甚至镜头里每一帧细微的表情，都将推动剧情向前发展，你要用你的节奏、语调、行为带动周遭的人。

这个片段看似简单，但在短短几分钟里，我要尽量展现出欧阳懿的人物内心。我还特意给这个人物安排了一些"机械式"的表演，体现在走路姿势和说话中。想象一下那时候的他，有可能遭遇了什么，别人叫他"老欧"，他是怎样的心情和反应。

名字，亦是身份

很多年轻观众说，他们看不懂这场戏想要表达的意思，也有人问："一个人的名字真的那么重要吗？"重要，至少对欧阳懿来说，无比重要。

欧阳懿这个名字，一看便知其出身于知识分子家庭，父母在起名时用了心，这一点从安杰的口中得到过验证：安欣和欧阳懿分居两地，通过鸿雁传书寄托情感，有一次江德福无意间瞥见欧阳懿的名字，还忍不住吐槽城里人就连起名都那么矫情，安杰告诉江德福，这个名字很有讲究，是美德、美好的意思。

犹记得欧阳懿第一次出场，从火车上下来，拎着皮箱，穿着西装"三件套"，头发也梳得油光锃亮，是那么意气风发，与周围的人相比显得精致而格格不入。身为北大高才生，正是最好的年华，最美的年纪，对人生和未来充满了期待，正摩拳擦掌，准备大干一番事业。

后来，他被发配到小黑山岛，安欣也带着一对双胞胎女儿追随他过上"渔民"生活；他每天干着最苦最脏最累的活儿，空有一肚子学问，毫无用武之地，被村民们称呼为"老欧"已成常态。

日夜操劳中，欧阳懿逐渐被磨平了棱角，就连偶遇前来视察的妹夫江德福都不敢上前相认。安杰乘船到小黑山岛探望姐姐一家，为了守住最后的尊严，欧阳懿死活不见安杰，安杰在回程的船上看到独自出海的姐夫——一艘小渔船在海上随波逐流，倔强的欧阳懿用力地摇着橹，如同以一己之力撑起那个破败的家。

在我看来，欧阳懿其实没变。若非如此，他便不能在平反"摘帽"后借着酒劲儿在酒桌上"撒疯"，强调"我是欧阳懿"；他便不能迅速恢复元气，投入到热气腾腾的新生活当中，继续与江德福斗智斗勇；他便不能在耄耋之年再次回到小黑山岛上，得到全体村民的敬重。他心中的傲气和属于知识分子的尊严一直存于心中。

老顽童

欧阳懿这个人物，故事线并不多，所以我格外珍惜他的几次出场。演老年欧阳懿时，我化上了"老年妆"，试衣服的时候，我发现他的衣服都是暗色调的老年衫，款式上也没什么特殊之处。我问服装老师江德福和老丁的衣服都什么样的。他们拿来给我看，跟我的没什么区别。

我忽然想起剧本中有个情节：老年欧阳懿戴了一顶礼帽，被江德福和老丁看见了，他俩也要学他，于是一人买了一顶。

从某个角度说，欧阳懿即便老了，也是引领潮流的。何况，欧阳懿年轻时就清高、讲究，中途被改造，其实是压抑的，最后平反了，直到年老，人是有一个轮回的，他骨子里的那点"傲劲儿"并没有被磨灭。

我跟孔笙导演商量，想换一下老年欧阳懿的衣服，一定要亮色系，最好还是专卖店品牌，穿的时候更要把领子立起来，显得"洋气"和与众不同。我把老年欧阳懿设置成"老顽童"，和他年轻时一样，而且嘴上也更不饶人了。

作为演员，我认为很幸运的一点，就是可以在短短几个月内体验另一个人的人生；每个人都不容易，都会经历起起伏伏，都是独特、不可复制的。可你一定要相信，再大的苦难，只要熬过去，总有一天会触底反弹。

我认为，那个被时代揉碎、重组、不肯认输的欧阳懿，他一定存在过；他与我们一样爱着，活着，走过漫漫人生路。

《琅琊榜》之谢玉

爱权谋更爱美人

——愿得宁国侯，白首不相离

> 本侯是个不信天道的人，再大的风浪我也见过。
> 我这刚烧起来的炉火，可不能就这么让它凉下去。
>
> 莅阳，这里有我，你不要插手。
> 我做的所有事，都是为了你。
> 你对我说的话，我都记住了。这么多年了，我谢玉，是真的喜欢你。
> 你我今生，还会再见吗？为夫，就此别过了。

2015年，古装传奇剧《琅琊榜》爆红荧屏，风靡全国，刘奕君因这部作品给自己增添了不少人气，在剧中他饰演宁国侯谢玉，作为头号反派人物与胡歌饰演的梅长苏进行了一番明争暗斗。在刘奕君眼中，谢玉既是机关算尽、阴狠毒辣的枭雄，也是对莅阳公主用情至深的丈夫。刘奕君塑造了一个立体的、鲜活的形象，让人又爱又恨。

在我看来，谢玉这个角色首先是一个政治家，处于权力的高层，而且他出身贵族，所以他的一言一行都要符合这个人物的前史。

这一角色最需要体现的就是稳。当时我对自己说，我的内心一定要足够饱满，足够强大，要想得非常严密，不喜形于色，不怒自威，让人琢磨不透我的心思。

这有点像打桩子，这个支点打住了，那个支点也打住了，然后再寻找几个支点，接下来不管你在桩子上拉线还是铺东西，一切都会稳稳当当的。

都说搞权谋的人是无情的，但谢玉不同，他对妻子长公主真的是一往情深。其实谢玉在朝堂上下受了很大的委屈，这些委屈在剧本里是没有体现的，只能通过自己的想象，在每场戏与每场戏之间的缝隙中去寻找，还要把谢玉和长公主的情感塞进去。

体验"众叛亲离"

剧中，谢玉的养子叫萧景睿，他过生日宴的那场戏，我们大概拍了十五个夜晚。那时，每到黄昏时分，大家都会化好妆出发，我管这叫"人约黄昏后"，我们一个通宵一个通宵地拍，天亮的时候才收工。

其实剧本里并没有明确写那场戏里的谢玉应该是什么状态，有一些提示性的情绪词语，我会拿黑笔彻底涂掉，我实在怕被这些东西干扰。

这场戏是梅长苏布局扳倒谢玉的重头戏。放在今天来说，

所要表达的主题是：家丑外扬。最难之处也是最点睛之处在于调度。由于涉及的人物太多，每一个角色都要有自己的站位。我特别佩服导演孔笙和李雪，他们真的是非常厉害的导演，我也十分庆幸能在《琅琊榜》的团队里工作，因为每个人都是演技在线，没有一个掉队的。

当时导演把所有前来贺喜的人都调度到长公主身边，也就是所谓的客厅里，而把我一个人放在院子里。对比之下，他们是宾朋满座，而我一个人孤零零地站在院子中央，任他们七嘴八舌地议论，议论的还是我埋藏了将近二十年的一个秘密：萧景睿不是我的亲儿子，而是长公主和楚国质子的儿子。

这是什么感觉呢？你可以想象一下，这种事情放到今天，对当事人来说也是一种莫大的羞辱。我想，如果谢玉是一个现代人，他在一个机构里供职了二十多年，来做客的都是自己认识了二十多年的老同事、老熟人，结果他们表面上前来贺喜，实际上却把他的隐私暴露在大庭广众之下，将他的过往、养子的身世扒得体无完肤，末了，还要告诉他：你儿子不是你的，而是你最爱的人和别人生的。这就像让一个人赤条条地站在众目睽睽之下，被人揭开了他一直不敢触碰的伤疤，那种羞耻、那种痛，难以言表。

我还记得那场戏里我有一个回头，完全是下意识的，那一瞬间包含了太多复杂的情绪，有愤怒，有委屈，有不甘，有羞耻，杀人的心都有了。

我也不知道出演莅阳长公主的张棪琰接下来会怎么演。很多时候现场拍摄都会有一些即兴的、突发的表演，要根据对手的反应处理接下来的戏，这些都不是能提前设计好的。比如你想好了，她可能会出于愧疚不敢抬头看你，但演的时候你发现她不仅看你了，而且还泪眼婆娑，噼里啪啦地往下掉眼泪，这时，你要立刻明白她的情绪被推到了哪里，她为什么哭，因何而哭，你要如何接受她的哭泣，做出何种反应。

演员的信念感

与好的演员演对手戏就像太极里的云推手，你来我往，水乳交融，表演的过程对演员来说是一种享受。

我和胡歌第一次合作就是在《琅琊榜》这部戏里。第一次见面赶上一场群戏，现场人很多，乌泱乌泱的，胡歌就静静地站在一边，双手放在身前抄着袖子，看得出他在进入梅长苏这个人物的状态和情绪。

真正一对一的一场戏是我演的谢玉进了天牢，梅长苏前去探望。此时的谢玉身败名裂，家破人亡，在生日宴上被打垮，沦为阶下囚。在谢玉眼中，梅长苏是针对自己的坏人，他无法像观众一样拥有上帝视角，去理解甚至认同梅长苏的做法。所以，谢玉与梅长苏一定是对立的，谢玉不可能相信他，更不可能原谅他。

这场戏，我俩演得特别较劲，这种较劲就像两个齿轮咬合在一起，严丝合缝，环环相扣。有个词叫"杀人诛心"，梅长苏就是这样，层层剥茧般扒开谢玉的心。他说，他知道我做了哪些事，没做哪些事，哪些事皇帝能够原谅我，哪些事我必死无疑，就算被流放，中途也会遭遇江湖追杀，只有他能带给我一线生机。起初，我完全不信任他，因为就是在他的精心布局下，才让我一步步掉入万劫不复的深渊；可在他讲述案情的过程中，他把我的尊严一点点摧毁、磨灭，在心理上让我彻底崩溃，让我把当初李重心被杀的缘由和盘托出。

这两个人物之间的博弈是有层次和结构的，双方互为牵制，互相控制，不是一个人带着另一个人的节奏，而是你中有我，我中有你。胡歌真的很棒，他是一个非常好的演员，懂得用细腻的交流把控节奏和角色分寸，他的沉稳和对角色的理解，已经超出了他当时的年纪。

在演古装剧尤其是时代背景架空的古装剧时，演员是要有信念感的，这种信念感要建立在人物内心的逻辑自洽之上，否则观众无法将自己的情感代入其中，整体感觉就会非常假。我从胡歌的眼中看到了身为演员的信念感，我想，他也一定看到了我的。

善恶只在一念之间

有人说谢玉明明是个坏人，却让我演出了好人的感觉，尤其是他对莅阳公主的爱，放到今天来说就是"宠妻狂魔"。

其实很多年前，我接到任何角色的时候，都不会对他做出到底是好人还是坏人的简单判断。我首先认为他是人，每个人都有善的一面和恶的一面，再坏的人也有"软肋"，再好的人也有他的不完美。我永远不可能把一个角色用纯粹标签化的方式去演。

这么多年过去了，我一直都是这样去审视、揣摩每一个角色；所谓的好，就是让心中美好的东西调动得多一些，你就变成一个好人了，可就算是好人，也不是说他没有缺点，他是被正向的道德水准、修养、价值观和人生观等东西克制了。

　　人性是经不住考验的，一旦被人抓住弱点，深埋的恶念也许就会像决堤的河水般泛滥。

　　所以，做一个好人和做一个好演员同样不容易，要时刻学会反思，学会自律，学会克制。

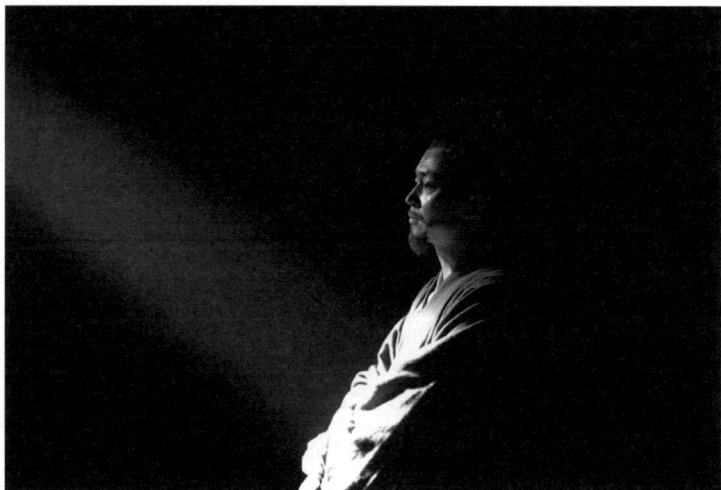

"

　　我一贯自以为是，不听命令，我这个样子，也风光了
几年。你别指望能力强的人态度好。

　　记住啊，以后别再落在我手里。
　　老师，以后还有机会见面吗？
　　也许吧，可能再见面，就是你死我活。
　　那就别再见了。
　　老师，就此别过。
　　干我们这行，不需要告别。

　　我的老师不会出卖自己的灵魂，他更不会是卖国贼！
我的老师是王天风，他是一个铮铮铁骨的汉子！
　　炸弹是假的，不要相信任何人。

"

抗日战争如火如荼的关键阶段，汪伪政府投敌叛国，上海明氏企业董事长明镜的弟弟明台本无心政治，却在飞赴香港途中被军统高官王天风绑架招揽。万般无奈之下，明台只能隐姓埋名接受培训，并最终成为军统驻上海站的一名特工。刘奕君饰演的王天风，被网友们戏称为"人间绝色"、最帅反派，哪怕是B站上的"鬼畜版"演得那么疯，大家表示，还是被他的"眼神杀"秒杀了。

初识王天风，是在我演绎《琅琊榜》谢玉之后。

和先播《伪装者》，后播《琅琊榜》的顺序不同，拍摄的时候，是先拍的《琅琊榜》，后拍的《伪装者》。在经历了《琅琊榜》之后，我和正午阳光的团队已经很默契了，所以他们在筹拍《伪装者》时，李雪导演说，你来演王天风吧。

我说好。

我和角色的缘分一般走"相亲"路线，靠"介绍人"也就是导演牵线，导演觉得我适合哪个角色，喊我去演，我看了剧本觉得合适就应下，然后仔细研读，琢磨角色和我之间的共性：角色性格中的东西，哪些是我招之即来的，哪些需要我再次挖掘，我该如何在现成的剧本之上去丰富人物的内心。我当时对王天风一无所知，为了快速了解他，跟导演要求看看剧本。拿到剧本之后，我花了两天时间看完，这是我和王天风的初次相识。

他是一个怎样的人呢？虽然很多观众认为他是大反派，但我从始至终都不认为他是坏人，他是一名忠实的抗日者，是铁骨铮铮的中国军人，是一个政治家，只是性格偏激，头脑清醒，心机深沉，心狠手辣，对自己也不手软。

他代号"毒蜂"，人如其名，疯狂而偏执，为了抗日大业一手策划了"死间计划"，可以牺牲一切，包括最爱的学生和自己的性命。可以说，他是一个让人敬佩又不敢亲近的人。

在军统，他是上校军衔，在军界享有一定声望，连在外游学多年的明楼都对他有所忌惮，称其为"疯子"，从侧面来看，他绝对是个有本事的人。

在王天风眼中，"死间计划"不仅是一份战略规划，更是他的理想，他为了这个理想可以不顾一切，甚至第一个献出生命。这份偏执令人肃然起敬。

王天"疯"

这样的王天风让我着迷，我喜欢他的"疯狂"和"丰富"，我想体验他的人生，更想让观众感知多侧面的他，于是我做了大量案头工作。可以说既是临时起意，又是蓄谋已久。

王天风是个很难演的角色，因为他孑然一身，没有家庭，除了老师和学生之外，他没有任何男女情感。一个男人，如果没有男女情感，没有家室，等于卸了你一条腿，那么在这个人物身上，就要通过别的手段来弥补这种缺失。

我就想，为什么王天风没有家庭呢？他是曾经有家人，后来没有了，还是一直孤家寡人？

王天风身边出现的唯一女性就是于曼丽，他该如何利用这种异性情愫来丰富角色，剧本上提供的信息是，王天风在死囚犯里把于曼丽挑了出来，训练成特工，搭档男主角明台。王天风为什么挑她呢，是不是她和王的初恋长得很像，或者说，王天风对她有一种莫名的好感。王天风怎么训练于曼丽，剧本里也没写，我就要去想象，有没有用男性化、带有攻击性的东西去打破于曼丽的耻辱感。

好，我就从这里打开突破口。我试着想象，王天风对于曼

丽应该还有一种说不清道不明的异性情愫……但又不能明确地表现，否则，伤害的不仅是王天风这个角色，还会影响到明台和于曼丽之间的关系。既要增加可能性，又不能太过，为了琢磨他，真是费尽了心思。

王天风在训练于曼丽时说过一句台词："人这里是心脏，枪这里装的是子弹。你要成为一件让敌人闻风丧胆的武器，这里（心）就不能太温暖。"在我看来，这句话不仅是铁血教官对特工的训练要求，还能有一种可能，是王天风希望于曼丽从不堪的成长梦魇中解脱出来，不再受折磨。于是我跟李雪导演建议，讲这段话时王天风与丁曼丽或许可以有一些肢体接触，不仅视觉效果刺激，也会让观众在王天风的冷酷、毒辣之外，再多一层想象。

李雪导演觉得要维护于曼丽和明台之间纯粹的感情，如果王天风插一手，这个东西可能会被破坏。但他思考良久后说，王天风可以用手指头轻点两下于曼丽的胸口。就是这两下，被一些观众敏锐地捕捉到了，对王天风的人物性格和人物关系又增加了一层想象力。这个指点的动作，就是建立在蓄谋已久上。

除了蓄谋已久，我在片场还有很多临时起意，比如设计"王天风吃棒棒糖"的桥段。

"死间计划"启动，王天风重回上海滩，到了学生们潜伏的面粉场，看见叼着棒棒糖雀跃进来的于曼丽。我很佩服李雪导演，棒棒糖是他临时加的，为了表现于曼丽欢快的心情，毕竟她在军校的时候受了很多苦和委屈，到了上海滩，终于尝到了甜，通过一个棒棒糖表达，是内心具象和外化的表达。

那天一大早我到现场时，就听见大家说"棒棒糖呢"，"棒棒糖准备好了没有"，我说什么棒棒糖，拍哪场戏啊？导演说就拍这场戏。我说这场戏哪有棒棒糖啊？导演说，给于曼丽新加的。瞧瞧，给于曼丽加的，不关我什么事。

不行，我得自己想办法。吃棒棒糖对曼丽来说是全新的变化，当对手角色有了变化，我应该如何应对呢？于曼丽到了上海滩，烫了头发，皮肤变白了，人也时髦了，吃着棒棒糖蹦蹦跳跳就出场了，可一看见王天风便吓得跟见了鬼一样。王天风是不是也会隐隐地想些什么？我表面上不动声色，脑子里却强力思索。

我演的王天风慢慢走到于曼丽身边，哎哟，扑面而来一种上海滩的脂粉气，很好闻，但这对一个从偏远军校赶来的强势教官来说，心里肯定会有落差和扭曲。

我走到她身边，她也不敢动，我刻意地闻了闻她身上的味道，看见她手里的棒棒糖，直接拿过来，舔了一下，说："过得不错啊。"这是剧本上的正经台词。

当副官问我是不是"回来主持大局"，我边说"回来送死"，边在嘴里咔嚓咔嚓嚼碎了棒棒糖。这个效果比暴跳如雷要瘆人得多。

其实就是这么几句台词，但是整个过程和最后那句台词，都是一种临时起意，是在蓄谋已久的基础上才会衍生出来的东西。只有早早地花时间把人物关系吃透，才能有这种临时起意，才能随机应变。

我受益于对王天风这个人物的深入挖掘，为他多设定一些剧本上完全不可能有的人物关系和假定的东西。

我也不知道这个设置能否用上，王天风便多了一些情感上的表达。虽然观众很难看出来，但也会觉得王天风心里有另外一种东西。

王天风是个没有家室的孤家寡人，男女之情于他是奢侈，是注定被压抑、牺牲甚至扭曲的，但他是一个人，是人就有感情，他和明台之间亦师亦父的师生情就格外珍贵，和明台的月夜告别，更是全片中王天风为数不多的温馨时刻。

那场戏之前，我和胡歌没有过多交流该如何去演，因为演员在酝酿感情比较充沛的戏之前，是需要在心里默默呵护那种细腻和复杂的，直到拍完了才会松一口气，才敢诉之于口，分寸的拿捏比谈恋爱难多了。

导演选在一个静静的夜晚拍摄这场戏。现场特别安静，背景响起煽情的圆号音乐，把两个男人之间的饱满情感烘托出来。即将与最心爱的学生诀别，"死间计划"的结局注定师生二人会相继牺牲，因此这次告别称得上是生死诀别。身无长物的铁血教官，拿出陪伴自己多年、唯一拿得出手的手表，送给心爱的学生。

我想，王天风此刻的心情应该是极其复杂的，有对明台成长为一名优秀特工的欣慰，也有将他拉下水的歉意，还有对他即将赴死的不舍……冷血如王天风，也不禁想要送一个东西给明台留个念想，于是掏出手表，用手帕反复擦拭，拿到耳边听一下。我特意用右手拿起手表却放在左耳边听，这个反手听手表的动作，应该是王天风唯一的一次小慌乱，这是他作为人的一部分，送出的不仅是手表，更是一份珍重。

"老师！"明台在背后向我敬礼。

"干我们这行，不需要告别。"我不再回头，径直走出温情地带，走向布满荆棘的前方。

这场戏播出时，胡歌发了微博："除了亲情和爱情，王天风和明台的师生情同样刻骨铭心，第一次看剧本，第一次流泪，就是这场戏，截取其中一段，怀念一下这位亦敌亦友、亦师亦父的汉子。"

我也回复了微博："我知道在静静的夜晚，明台对老师的爱是深沉的，嘴里是纨绔子弟，内心已经是一名真正的战士。李雪导演用深沉的圆号温暖地自虐了一次。"

王天"丰"

网上有人开玩笑，说在《琅琊榜》里，谢侯爷被梅长苏算计得家破人亡，到了《伪装者》，王天风又把明台折磨得死去活来。

此言不假，似乎为了佐证这个事实，我在窗边看到一只非常应景的大黄蜂，像极了"毒蜂"王天风，于是拍下来，发微博纪念这次"报仇雪恨"："毒蜂透过窗户，静静地看着被折磨的明台和于曼丽。"

刘奕君 actor 👑
15-3-22 来自 iPhone 客户端
毒蜂透過窗戶，靜靜的看著被折磨的明台和于曼丽 😄😄😄 @电视剧伪装者

　　其实，我不仅在《伪装者》中折磨他，我还踹他呢。当然了，我也被气得不轻。那是全剧中难得的幽默名场面——维也纳。

　　富家公子明台为了让生死搭档于曼丽快乐起来，自作聪明地拟定了一份训练计划，找王天风打申请，端着老师架子的我，对他的计划看都懒得看，喝着茶让他口述，岂料这位少爷的完美计划竟是要带于曼丽去维也纳度假！

　　一口茶直接喷出。对将抗日大计视为全部的军人，每日做梦都在苦心算计、应敌状态拉满的狠辣疯子，环顾四周满眼都是受苦受难的同胞，"维也纳""度假"这种自带靡靡之音的词第一次出现在王天风的字典里，犹如重磅炸弹扔在头顶，还是和于曼丽一起！王天风的震惊已大于愤怒。

每天把命拴在裤腰带上的贫穷教官已经愤怒到不知所措，原地转了两圈，说出一句自己都不知所云的话："你为什么不去巴黎呢？"

"我们家在维也纳的郊外有一栋别墅……"

"够了！"即使没有剧本，我此刻也会唰唰地把他所谓的完美计划撕碎，再扔到他脸上，"滚！"

臭小子不应该噤若寒蝉、屁滚尿流地滚出去吗，竟然还弯腰去捡被我撕烂的破计划，我想都没想，一脚踹上他的屁股！

"我还没去过维也纳呢！"

这才是我踹他的真正原因。

"维也纳"的段子让王天风的角色更丰富、更像个真实的老师了，毕竟再蛮横铁血的老师，也有被学生气歪鼻子的时候。

可能是踹了明台的屁股，心里舒坦了；也可能是被"维也纳"唤醒了内心的浪漫，属于我自己的感知适时开启，开门就撞见了惊喜。

头天晚上大风，初春盛放的花朵被纷纷吹散，掉落一地花瓣，我踩着满地残花走进化妆间。等化好妆出门，瞬间惊艳——保洁大姐把满地花瓣堆成了两颗心，摆在大树的两侧，一边一颗花瓣心。

有人在扫垃圾，有人在拼爱心，我被这位大姐的浪漫少女心感染，心情瞬间美好。

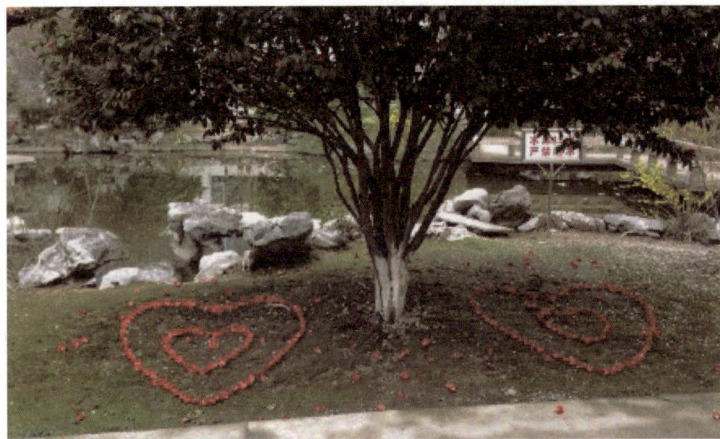

惊天大逆转

拍完《伪装者》后，王天风在我心里住了很久，我设想了他无数种结局。拍《伪装者》最后一个镜头时，剧中王天风早就牺牲了，历经磨砺的明台来到北平，拎着箱子来到某胡同里的一扇月亮门前，"当当当"敲门。一开门，迎接他的是高鑫饰演的地下党张月印。这个情节非常巧妙，剧本中原本没有这一情节，李雪导演在拍戏时灵光一闪，恰巧高鑫当时也在附近拍戏，就加了这场戏，也是对《北平无战事》致敬。

一次我跟李雪导演聊天，我说《伪装者》的结局可以更好看。想象一下，明台"当当当"敲门，一开门，不拍对面的人，只拍明台的脸，他的脸映在阳光里，表情却无比震惊和难以置信，此时画外音响起："早就和你说过了，不要相信任何人。"而这个声音是王天风的。

这一幕是不是让人起鸡皮疙瘩？王天风将特工做到极致，算无遗策，惊天逆转，让人细思极恐。

王天风最后的马甲竟然是北平地下党，原来他是打入军统内部的地下党人员，不是总有人说王天风是反派吗？干脆让所有观众都意料不到，彻底来个惊天大反转。

李雪导演表示很认可。后来他在接受《人物》记者采访时说："刘奕君眼睛里的（恶）永远给人一种很复杂的表达。"如此之高的评价想来也有我这个大胆想象的功劳。

时光的琥珀

很多人因为王天风认识了我，很多类似的角色来找我，我都拒绝了，因为我觉得再难超越王天风这个角色。我与王天风的相识是一种缘分，而缘分是难以复制的，与我同呼吸共命运的王天风，仅此一位。

从王天风回归刘奕君之后，工作越来越忙了，越来越如履薄冰，心里很害怕，害怕没有新鲜的东西给观众，害怕没有对新的角色挖掘更深，王天风让我对自己的要求更高了。

我记得老艺术家智一桐在电视上看见王天风，特意翻出电话号码打给我，"看了你的戏，我太吃惊了，导演是谁啊，用什么手段把你逼成了一个疯子？"此前，我们已经失联了二十年。

其实，拍摄《伪装者》时，李雪导演从来没有逼我，只有我自己知道，王天风那种疯狂的状态源于我内心的释放，曾经那段不如意的岁月在心里留下的种子，现实生活中无处发泄，也无力反抗，却借着王天风一下子掏出来了。

在成为王天风的这段时间，我还要小心保护他这种"恶"，让自己疯一点，放肆一点。拍完之后，回归刘奕君，所有恶念都被挤到一个角落，咔——锁住，不许出来啊！

如今，告别王天风已经六年，我也抽离了这个角色六年。这不仅是对我自己的保护，也是对下一个角色的尊重，毕竟"干我们这行，不需要告别"。借着此次整理书稿的契机，我才能重回《伪装者》的平行世界，回顾和王天风合体的因缘际会。

我演绎的每一个角色，如同一粒粒琥珀，妥善封存于我心中的某个角落；我体验了他们的人生，他们也成为我不可或缺的一部分，构成了今天的我。在那个角落里，属于王天风的那颗琥珀，格外明亮剔透。

兄弟，感谢你的疯狂执着，欣赏你的亦正亦邪。
铁骨铮铮的汉子你继续做，维也纳我会替你去的。

《外科风云》之扬帆

亦正亦邪的普通人，热血未凉的医生

> 我为什么想当这个院长？因为我一直觉得，我才是仁合医院最好的胸外科大夫。
>
> 权力是个好东西啊，没人不想要。有了权力，我可以做最难最复杂的手术，我可以去攻克最尖端的科研项目，不过，等我获得权力的那天，我才发现，我已经不是仁合医院最好的手术大夫了。

《外科风云》讲述了在现代化综合性的仁合医院，由一起二十九年前发生的"事故"所引发的故事。该剧入选"一带一路"推荐剧目。刘奕君再次扮演了一个颇具争议的角色扬帆，心中抱着各种算计权谋，却仍能做到八面玲珑、独善其身，游走在黑白之间；他在仁心和现实中不断挣扎，把青春和才华都献给了医院和专业，成为"仁医"是他的底线和追求。

每次在网上或新闻中看到医护人员的英勇事迹，我都会心怀尊重和感恩。《外科风云》中的扬帆，是一名医护人员，我想，如果他经历了我们眼下的这场疫情，他会如何处理，又会带领仁合医院走向何方？

别恨他

我跟扬帆的缘分，也是缘于李雪导演的月老牵线。我对于组织的安排向来没有异议，导演觉得我适合演谁，我就演谁，我要做的只是想方设法把接到的角色演活。

《外科风云》播出后，有人说扬帆是智商、情商双在线的反派，有人说他亦正亦邪、行走在灰色地带。但我拿到剧本的第一感觉是，扬帆是一个真实而世俗的人，是一个食一日三餐、愁孩子票子的中年男人；活到这个岁数，爬到这个位子，他本应复杂，本应跳入染缸，但我们不该恨他。

他的身上有人性之恶的一面，直白点讲，其中一个侧面是个让人鄙视的医生。他利用职务之便，不仅收红包，还和医药公司做交易，为医院购买化疗药物和医疗器材，从中牟取暴利；因为害怕重症患者会成为医疗事故的隐患，他想方设法把自己负责的重症患者骗走；他巧妙设局，让傅博文名誉扫地，不得不提前退休让位于他……

总之，他干了不少错事，甚至可以称得上坏事，但我不想把他定义成坏人，先别恨他，再等等，还有救。

　　首先，扬帆是一名业务能力很强的医生。

　　他是一个技术型的管理者，管理着整间医院烦琐的行政事务，同时还能解决各类复杂的胸外手术。虽然在急救方面比不过陆晨曦，但多年练就的手术水平依然在。在泥石流灾害的那场戏中，他从午夜到凌晨总共做了三个创伤手术，平均算下来，每台手术用时也就一个半小时，可见他具备过硬的临床水平，作为曾经的"仁和医院胸外一把刀"，地位不可撼动。

　　其次，他虽然算不得什么好人，但他一直坚守医生的初心和底线。

　　他虽然爱财，但不收不义之财。他推广药商的化疗药物和吻合器材时，首先考虑的是这些东西对患者是否真的有用，绝不会拿患者的健康做代价，在具体医疗行为上，并没有原则性错误。

　　我至今记得一场戏，先锋公司的销售人员威胁扬帆，说："您儿子在国外的学费也挺贵的……"扬帆啪的一声把茶杯放在桌上，打断对方的话，看着对方严肃地说："我告诉你，小张，不要拿我的儿子威胁我，他不是条件，他也不会成为条件。医疗器材质量不过关的话，我是肯定不会要的。"

　　在医疗行为上扬帆是非常有原则的，严词拒绝并予以痛斥。

　　他想尽办法规避医疗风险，关键时刻又极有担当。我记得那场夜戏加群戏，医院内部爆发大量患者的病毒感染，而医院大门口又有大批伤员急需救治。救还是不救，开不开门？打开大门的话，可能会发生不可控的大面积感染，不开门的话，那么多伤员可能错失救治的黄金时间。

国外归来的庄恕从理性角度出发，不让打开大门，而扬帆看着门外一双双渴望救助的眼睛，一张张焦急却无助的面孔，他把心一横，不等上级指示，强令打开绿色通道，收治患者。

扬帆的这个决定担负了巨大的风险。他完全可以等待上级指示，这样无论发生什么，他都没有责任。

但是，看着门外等待救治的人，我理解扬帆："作为院长的责任，我履行过了。现在，我要履行一个做医生的责任。"可见，善良、底线、医德是他身上的骨骼，有了这副脊梁，他还能坏到哪里去？相反，他的许多"坏"很能让人理解。

感情戏

生活中有很多人，其实都无法简单用好人或坏人来界定。我很认可剧中另一位医生陈绍聪对扬帆的评价：谋财但不害命。

非常精辟和中肯。

扬帆有自己的私欲，也有过自己的理想，有管理仁合医院的抱负，也有作为医生的初心。他的身上有现实生活中一名医生的多面性，也有作为中年凤凰男的现实和复杂性。

为了演好扬帆，我看了好几遍剧本，也做了案头工作，咨询了好几位医生朋友，揣摩记录了很多属于扬帆的性格特点，并脑补了一些剧本中没有给到的信息。

我想象他刚开始做医生的时候，应该是一位很纯粹的外科大夫，就像陆晨曦那样，每天想的只有治病救人，恨不得睡在手术室里。

说到陆晨曦，还要多写几句。这部戏里，我依然没有感情戏，和我接触最多的女性就是陆晨曦。

她和曾经的扬帆很像，儿子扬子轩曾这样描述过年轻时的我：胸外手术的一把刀，整天恨不得住在手术室，渴望疑难复杂的手术和科研课题，对手术室以外的所有事都不关心。陆晨曦也是如此，心怀纯粹的医生梦，所以她看不上变得世故的扬帆，

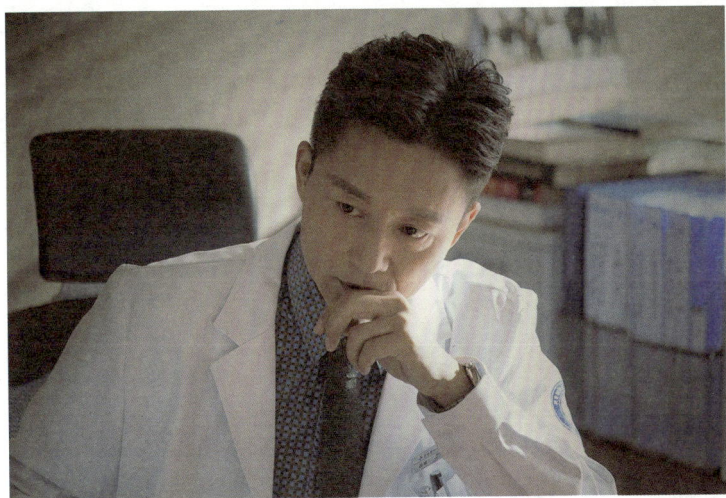

总是对着干。

　　我不由得想象，我跟陆晨曦之间是怎样的感情呢？我肯定是喜欢她的吧，喜欢她的纯粹，也羡慕她能够坚持梦想，更欣赏她竟对药商脱口而出："陆晨曦的手工吻合术后并发症的发病率是零！"

　　所以在剧中，尽管陆晨曦与扬帆处处作对、总是捅娄子，而扬帆也只是小小为难她，从未对她下狠手。

　　这算是我偷偷给自己加的感情戏吧，不知道观众是否能看出来？得益于此，扬帆的人物关系更丰富了，而他也不是一个完全黑化的角色。

搞砸了

但他还是黑化了，到底是什么改变了曾经纯粹的他呢？

直到剧集播出的尾声，扬帆有一段看似讲给儿子听、实则自言自语的独白，这是全剧的重场戏，通过这场戏，串起了扬帆的从医心路历程。

这场戏的背景是，扬帆的儿子是个单纯的科学工作者，他因为坚持自己的科学调查，将亲生父亲置于巨大的麻烦之中。

面对亲生儿子，扬帆能怎么办呢，只能尊重儿子的选择。也因为扬帆不再是单纯的医生了，但他打心眼儿里希望儿子拥有单纯的信仰，看到儿子对待自己喜欢的科学事业如此赤诚，他的内心是欣慰的，尽管他可能因此毁掉前途。

他愿意保护儿子的理想主义，但面对生活的捶打和无助时，他只能自己扛，他有一个成家立业的男人的责任，逼得他必须想办法，必须选择。

这场戏里，扬子轩说他和妈妈都希望我是单纯一点的医生时，我演的扬帆不由得笑了，不想争执和说教，只是缓缓回答："单纯一点就意味着：连着做十台加台手术，拿不到一百块钱加班费，没有办法给你妈妈买进口药，没有办法让她活下来。我要是早一点不单纯的话，现在坐在这儿吃饭的，也许就是我们三个人。"

面对生活的捶打，扬帆已经这么努力反抗了，只想让妻子接受更好的治疗，让家人过好一点的生活，然而造化弄人，妻子还是被病魔夺走，儿子对他不理解，放弃纯粹理想举手投降换来的所谓大路也走不通，即将被撤职。到头来，好医生没做成，家人没留住，身份地位也如过眼云烟，这是何等的悲凉，何等的无奈和心酸。

于是，这场戏的最后，我替扬帆疲惫不堪地说出三个字：搞砸了。

这三个字，是扬帆对自己的失望。

他的初心没有变，他是被扔在灰色地带的人，他必须跟那些邪恶势力打交道，必须跟侵占自身利益的黑暗势力周旋。庄恕、陆晨曦都是好医生，都是圣洁的天使了，但是现实又需要扬帆这样的人。

当年，扬帆也希望成为仁合医院最优秀的胸外科医生，但他发现光有好的技术还不行，还要拿到更好的资源，才能做更多的事。于是他学会了交际，学会了妥协，终于拿到更好更多资源时，却发现已经有比他技术更好的医生出现了。他无奈，迷失，又拼命找寻。

扬帆很真实，他抵御不了世俗的诱惑，他心中的仁义、道德、初心却一直都在。

不被定义

诠释这样一个多面的角色，难度相当大，开拍之前我一直在琢磨，怎么演出扬帆的复杂和世俗，又让大家别恨他，尽量理解他？在表现"坏"的一面，比如与前院长和医药商的博弈中，我演得很"收"，用眼神和语气的细微变化来表达情绪，不管是试探、挑衅，还是愤怒、痛斥，都压低声音，稳言细语，希望以四两拨千斤，在无形之中制造一种压迫感；而在表现"好"的一面，即展现医生本色的时候，我演得很"放"，紧张的询问，高声的争论，果断的决策，以饱满的情绪表达医生仁心的纯粹。

最后，扬帆被撤职，拿着那幅《初心》的字画，昂首走出院长办公室时，没有任何狼狈，反而有一丝傲娇，一种释然。抛掉一切欲望和牵绊，初心仍在，他还能再次出发。

演扬帆的时候，我一直都在寻求变化，寻找这个角色身上的不确定性；我不愿把他演成一个好人或一个坏人，我希望把他演成下一秒不知道会是怎样的人。

我们每个人都是这样，大方向大骨骼是确定的，靠不靠谱别人都有基本的判断，但每个人的行为、选择一直是变的，就像靠谱的人不一定没有小心机，不靠谱的人也可能默默努力。

在我眼里，扬帆就是这样的人，真实，世俗，普通，却难以被定义。

热血未凉

正如一位网友的评价："我很心疼扬帆的过往，也感慨他的算计，同时还敬佩他剩余的善良。他在事情的刚开始就凭借一己之力扛起了所有的谋划，半点也不曾求人，更是不愿对不住任何人，他是排挤了不同路的人，可是从来没有下过任何一次死手。不知道他这样的人会不会是更加难得又可靠的。"

兄弟，有幸相识。

感谢你始终坚守为人的底线，时刻铭记医生的初心。

宦海浮沉，长袖善舞，危急关头，血仍未冷。

《远大前程》之张万霖

天欲使人灭亡，
必先使人疯狂

> 放眼整个上海滩，只有我张万霖要别人的命，谁敢动我张万霖？！
>
> 我倒要看看，以后，谁还敢勒索我们三大亨！

2016年年底，电视剧《远大前程》杀青，讲述了主人公洪三和严华在风云变幻的上海滩经历人生选择的故事。这部民国传奇电视剧，网罗了一众高素质的中青年实力演员，尤其是倪大红、刘奕君等人塑造的上海滩三大亨原型，给观众留下了深刻的印象。

刘奕君首次以白发形象出场，他所演绎的张万霖为人狠毒冷血，尤其是砸镜子那场戏里的笑容令人头皮发麻、毛骨悚然。

《远大前程》这部戏很有意思，有点像金庸的小说，采用虚实结合的写作手法——故事和主角都是虚构的，但历史背景和一些人物原型却是真的。听到这个项目时，我就非常感兴趣。

在我看来，张万霖与我本人反差太大了，他是个纯恶人，攻击性特别强，说话咋咋呼呼，声音又大，从来不正经看人，但凡你说的话有一点点漏洞，他都能迅速抓住不放，将别人置于死地而后快。

这个人物又极其冷血，没有一丝温情，动不动就要打要杀，毫不顾忌对方是兄弟还是女人。

演的时候，需要我把身体里的魔鬼都释放出来。可以说，每场戏我真是呕心沥血地演，身体和心灵都经受着巨大的考验。拍戏期间，每天回到房间，我都会先倒上一杯酒，坐在沙发里缓半个小时再去卸妆。

我不知道编剧在写完故事后会不会自己演一遍，但演员一定会。不到我拍戏的时候，我会在房间或片场旁边，一遍一遍跟自己对戏；如果有感情戏，我还会把男的演一遍，再把女的演一遍，要细腻而精准地掌握双方的心理状态，让自己分裂一下，目的是让这个角色在观众面前呼之欲出。

一次勇敢的尝试

进组之前，我听说剧组里有大红哥（倪大红）和一帮特别好的演员，就特别好奇一件事——陈思诚到底是一个怎样的人？他这么年轻，既做演员，又做导演，他到底用了什么方法把这些人聚在一起？

到了剧组之后，我发现陈思诚确实是一个有想法和才华的年轻人。比如我演的张万霖，他的原型是上海滩三大亨之一的张啸林，对于这个角色的外形，我们也进行了一番探讨。陈思诚想忠于原型，要给我的头发剃成毛寸，染成白发，我心里有点打鼓，因为此前从没有挑战过和自己反差这么大的角色。

他说，你相信我，没错的。我心一横，行，那就做吧。

造型出来后，看着镜中的自己，气质确实变了许多。我跟陈思诚说："我这个人，有时候长得挺面善的，很难从我的脸上直观地看出暴力的东西，能给我做道疤吗？我可以接受。"陈思诚还是坚持忠于原型。我想，没疤怎么办呢？只能通过别的手段靠近人物内心中的邪恶了。于是我尽量让自己的眼睛一个大，一个小，脸上看上去有种邪气。事实证明，新的造型是有效果的，角色身上的狠劲儿也展现出来了。

这次尝试带给我更多的自信，让我在日后选角的时候，也更愿意挑战与自己反差大的角色。还有一点特别重要，就是搭档带给我的信心——我举棋不定时，看看身边和自己搭档的演员，他们都那么优秀，我还有什么可怕的？于是我欣然地接受了这个角色和这部戏。

从别人身上学本事

我说过，和好的演员演戏就像和高手过招，一招一式都要接得住。别人那么好，自己也不能落下，不能只满足于我背好了台词，把人物状态演完就结束了。要为自己争光，让角色"冒光"，就得绞尽脑汁地去想每一个细节，如何层层递进。

我记得有一场戏，大红哥突然之间贴在我面前，瞪眼看着我，这可是没有商量过的，当时我的眼神都失焦了，气氛格外紧张。这时不仅不能忘词，还要做出适当的反应，演员的经验、阅历以及彼此间的默契就起了重要作用。

早在2011年，我就和大红哥拍过一部戏叫《叶落长安》。我记得那时他每天拉一个板儿车，我就坐在车上吃点心，反反复复不知道拍了多少遍，他也毫无怨言。他是我特别敬重的大哥，非常敬业。之后，我俩在《北平无战事》里也有一些对手戏，我从他身上学到了不少演戏的本事。有一场戏拍的是晚饭时，我告诉了他一个噩耗：你的女儿没了。他选择了一种不一样的哭泣方式，很直观，哭得鼻涕眼泪一大把，但是该收的时候又能让这种情感迅速收起来，你能从他的表演中感受到一种浓浓溢出来的情感。

大红哥自身的阅历和对表演的理解非常深刻，我在他身边演戏时，必须像海绵一样，等待吸收他给你的出其不意的东西，情绪饱满，情感内敛，跟他一起搞创作会很满足，很幸福。

和大红哥一起接受采访时，大家对我们的评价都是"大器晚成"，说我们从青葱少年熬成了魅力大叔。其实我觉得"大器晚成"也挺好的，至少说明有人认可你，觉得你"成"了。

年轻的时候也焦虑过，毕业后眼看其他同学顺利地走上演艺之路，成为主角，纷纷拿奖，收获好评，也着急，也想证明自己也是有演技的，所以就不断地演，不断摸索。

　　不过有一点我很佩服自己，就是我从来没有想放弃做演员这件事，不仅是喜欢表演，我也觉得自己是这块料，既然喜欢，就要不计结果地付出，现在回头看，一切都是最好的安排。

今夜，太渊将是我的！

放心吧，不会有人杀你的，谁愿意背负弑君的骂名啊？
再好好坚持一下，你就能看见我登上太渊的王位了。

爹押上了所有的一切，忍辱负重去求非烟殿主，为的
就是在爹临死之前，杀掉所有的仇人，让你以后安安稳稳
地过日子，爹这一切，都是为了你。

执着了那么多年，到头来，竟是两手空空。罢了。

《扶摇》是根据天下归元小说《扶摇皇后》改编的古装女性励志电视剧。刘奕君再次饰演了一个极富野心的人物，企图谋权篡位。让刘奕君没有想到的是，此次出演堂堂太渊国国公齐震，不仅收获了"史上最冤冤大头"的称号，还收获了观众和网友们深深的怜爱和疼惜。

我演过不少古装戏，《醉玲珑》里我是天帝，光儿子就有十一个；《剑王朝》里我是个皇帝，《燕云台》里我是宰相，非富即贵。但最惨最萌、成为观众谈资的，当属《扶摇》里的太渊国国公齐震。

最开始拿到齐震这个角色的时候，我并没有觉得这个人物身上带有任何喜剧色彩，但随着拍摄进度一点点推进，太渊公齐震逐渐变成了大家口中的"震震"，画风一下子就变了。

戏里"团欺",戏外"团宠"

不论是原小说还是剧本,齐震一直都是一人之下,万人之上的,但他这个人不满足,一直等一个机会登上王位。机会来的时候,他也没手软,几乎斩杀了所有轩辕一族的血脉。可惜啊,人算不如天算,老皇帝告诉他,你想斩草除根,可以,但你也得想好——轩辕氏死绝了,你也上不了位,太渊国将会变成泽国。

我觉得,齐震的霉运就是从这里开始的。

自以为掌握了一切的他，被身边最信任的七个人先后欺骗。这七个人，有他自己找来的假世子，有他的义子和干闺女，有投靠自己的人，有行事冲动的侄女，更有"坑爹"的亲闺女送自己直接领了盒饭。身边的人都是假的，排着队来坑他，着实令人啼笑皆非。

　　有网友说，一直认真"宫斗"的齐震是被"猪队友"们逼着下线的，作为堂堂国公，他本该是快乐的，现实却使他变得悲催。网友们心疼我，替我感到心累，说我演的齐震是"史上最恨不起来的反派"，有人希望我能演一次好人，还有人建议我不如去演一些"傻白甜"的恋爱戏。

　　于我而言，每一份善意我都会珍惜，我当然也想演所谓更好的角色，但是既然给了我这个角色，我就要赋予他生命。如果没有演齐震，就没有现在如此"反差萌"的震震，也没有那么多人会喜欢这个角色。

珍惜资源，保持清醒

很多人问，为什么我这些年演了那么多的反派？算一下，我演的反面角色应该多于正面角色吧。是不是我上辈子欠了谁什么事儿呀，不然这辈子怎么都来找我演反派呢？

关于这个话题，我不只说过一次。其实我们每个人都会有"灰色地带"，那就是我们每天都要面对的选择。凡事都有A、B两面，总会有让我们两难和矛盾的时刻。正面角色往往自带光环的，反面角色的层面其实可以展现得更多、更复杂，发挥的空间也更大。

在演戏方面，我没什么梦想清单，能让我演戏，并且能演得愉快，我觉得就够了。不是说我这个人没有目标，每个人都会有自己的信仰和梦想。我的梦想就是做一个正儿八经的演员，好好演戏，不断提升业务能力，多奉献一些不一样的角色，余下来的时间，还可以用来好好生活。也有人问我，以后会不会考虑做导演、制片等幕后人员，我说我演他们可以，但我还是想做一个单纯的演员。

我一直坚信，珍惜资源，才能获得更好的资源。把每一部戏、每一个角色都尽量演好，凭借自己的思想、阅历和创造力，把不一样的东西展现出来，这是一个演员的基本职业操守。

还有一点，就是不要沉迷于热搜当中，要经常反观内心。

尤其在五光十色的娱乐圈，更要谨记：如果你的名气大于你的才华，你就要好好想一想，把自己往回搜一搜，沉淀一下。

这就像老子在《道德经》里告诫我们的那样：五色令人目盲，五音令人耳聋，五味令人口爽，驰骋畋猎令人心发狂，难得之货令人行妨。是以圣人为腹不为目，故去彼取此。

以上说的是，一个人要懂得摒弃各种欲望和诱惑，让内心永远保持安定、平和。

比如在 2018 年，我有好几部戏轮番播出，每天都会有各种娱乐新闻，微博热搜、公号文也是铺天盖地。很多内容并不是报道剧集本身，连我的一些八卦也捕风捉影地写出来了，那段时间说实话我都累了，真是不愿意看见自己的名字。

演员搞创作是需要专心的，很多时候我都会把自己关在房间里，自己跟自己对戏，自己跟自己博弈，忙得不可开交。

最后我想对年轻人说：时时刻刻保持清醒，认真过好每一天。

彩蛋：

被"队友们"坑来坑去，何况还有个"坑爹"的闺女，我
震震实惨！为了纪念史上最惨的国公，我特意为他写了一首《江
城子》：

人生百年渡劫忙，随处坑，不能忘，千里江山何
时归姓齐。纵使相逢难相识，好队友，尤可盼。
孤魂一缕还太渊，国公府，弄红妆，为女续命不
惜走钢刀。料得荒坟无人祭，为人父，自担当。

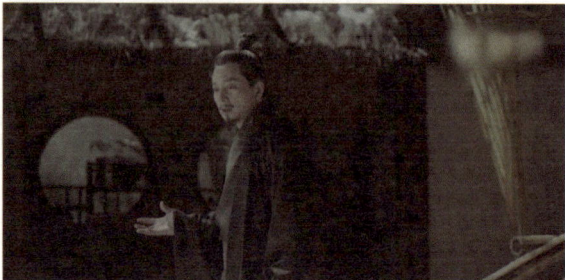

刘奕君actor V
2018-7-27 14:25 来自 微博视频号 已编辑
#idoltube# 我就没见过这么冤屈的人生，算计了一生，却没算到这个结局，抱走
震震的便当。最后一颗温情的眼泪冰封在脸颊，六月飞雪也难掩浓浓的父爱，太
冤震震填词一首：人生百年渡劫忙，随处坑，不能忘，千里江山何时归姓齐。纵
使相逢难相识，好队友，尤可盼。
孤魂一缕还太渊，国公府，弄红妆，为女续命不惜走钢刀。料得荒坟无人祭，为
人父，自担当。 □ 娱乐日爆社的秒拍视频 #电视剧扶摇# 收起全文 ∧

《橙红年代》之聂万峰

颜值不代表正义，
能力要匹配野心

> 回不去了。你说的那个第一天我都记着呢，来到 M 国的时候，坐在那个小车上，我说我闻到了钱的味道，然后我们去小酒吧，去应聘，然后，你睡在我上面，我在你下铺，我把埃斯科瓦尔贴到玻璃上，我告诉你他是我偶像，我要成为像他那样的人。但对我来说那都不是第一天，对我来说真正的第一天，这张椅子是我们俩的第一天，在这张椅子上，我们俩，在这儿文了一个狼头，永远无法洗去的一个文身，从那天开始我就知道，我不可能回头了。
>
> 杀了我！

《橙红年代》改编自骁骑校的同名小说，讲述了一群为追求幸福美好生活的普通市民和为保护老百姓安全的人民警察，用热血和正义与罪恶作斗争的故事。刘奕君饰演的聂万峰，是一个工于心计、心狠手辣的人，黑白两界来去自如。在警察面前，他是一个兢兢业业的商人；在合作伙伴面前，他是一个提供货源的大老板；在金钱利益和兄弟情谊面前，他也有自己的原则和底线。这是刘奕君和陈伟霆的第二次合作，刘奕君再次出演反派，很多观众说刘奕君把角色演活了，"连眼角纹都是戏"。

　　如果没有接拍《橙红年代》，我可能就接另外一部戏了。

　　这个机缘非常巧合，当时我们在做《醉玲珑》的宣发，陈伟霆直接问我，说有个角色想找我演。我问了他是什么戏，什么角色，大概何时开机，何时需要我演，他一一回答，说可以先拍他和马思纯的戏份，再拍我的戏份。那段时间我正好有档期，于是欣然接下了聂万峰这个角色。

　　聂万峰这个人物十分极端化，亦正亦邪，看过剧的人都觉得他气场强大，甚至很变态。对于这个人物，我更多用的是一种阴险的表达，这种阴险不光体现在台词、表情和行为中，更是体现在很多细节之中，让这个人物更有层次和特点。

有点遗憾的"兄弟情"

刘子光和聂万峰，在我看来应该是一对焦灼的兄弟关系。

刘子光失忆后，聂万峰跟他说，我是你大哥，你救了我儿子，我可以满足你的任何条件。其实聂一直在观察他，怀疑他有问题。因为按照常理来说，一个我认识他而他不认识我的人，总会让人觉得这事儿不可思议。

聂万峰没有杀刘子光，一方面是可以利用他掩护自己，一方面还是有兄弟感情存在。这有点像电影《美国往事》中的桥段：你是我兄弟，你所有的一切我都帮你安排好了，你喜欢那个女孩，好，我帮你去追，制造最浪漫的氛围，让你得到她的心。

原著小说里，本来就是"双男主"的设定，如果电视剧也能以兄弟情为主线，去掉一些恋爱的戏份，想必收视率会高出很多。拍摄的时候是以男女主的爱情为主线，到了剪辑的时候才加强了兄弟情，但这时已经打散了刘子光和聂万峰的前史，使得两个人物的故事线不够饱满。

如果开篇能够按照既定顺序走，拍到刘子光被聂万峰"砰"的一枪干掉了，让我以为他死了，但他其实是失忆了，等他再次活着出现在我面前的时候，这两个角色都会有更大的表演空间和无限可能。

不过，影视作品的创作总会留有遗憾，我不会沉浸其中太久，演的时候用心演就够了，因为之后还有别的角色等我去挖掘呢。

细思极恐的吹口哨情节

我是一个喜欢设定细思极恐结局的人。

在拍摄《伪装者》的时候，我就贡献过一个想法：胡歌最后一场戏的那个镜头，拍摄的时候他对面是看不清人的，然后有个声音跟他说：你永远不要相信任何人，让观众以为"下线"的王天风又复活了。《橙红年代》里吹口哨的那场戏也是我临时想到的。

我记得特别清楚，晚上拍这场戏，我演的聂万峰为了考验刘子光，故意跟他说，我已经查到我们这里有警方的卧底了，他已经把我们的情况暴露了，你要把他干掉。这个卧底其实就是刘子光喜欢的女警胡蓉的父亲。

我说，你上去把他杀了，五分钟之后，如果你还没有动手的话，我就上去，但那时就很难收场了。我把枪给了刘子光，他只能上去。

我在楼下站着，等待刘子光做出选择。我面对的是空旷的大街，手上没枪，手揣在裤兜里，身后都是我的手下。我就这么溜达着，当时脑子里突然出现了一支曲子，这是剧本里没有的。我立刻就把脑子里想的曲子用口哨给吹出来了，曲调非常悠扬，我的动作看上去也十分悠闲；这是一个与平常并无二致的安静夜晚，我却在考验着我的兄弟，看他到底有没有失忆，到底能不能杀了那个卧底。

　　你能想象吗？在这个晚上，这一时刻，聂万峰吹出的口哨其实是非常瘆人的。聂万峰的悠闲和刘子光的紧张形成强烈的对比，此时的刘子光正在艰难地做抉择，最后他还是开枪杀死了那个人。这是多么恐怖的景象，会永远留存在刘子光的脑海中，挥之不去。

如果再有机会演绎，我想尝试一种不一样的设定。

聂万峰一直在考验刘子光，而且要用口哨给他留下恐怖的印象，日后当聂再遇到刘时，根本不用台词去问他那天晚上发生了什么，而是站在他背后观察他，再次吹出口哨时，就能立刻勾起他的回忆，聂再观察他表情和反应，玩的都是心理战术。

从我个人角度来说，我当然更愿意多表现兄弟情，我还可以将更多细节塞进这对兄弟的情感当中，让他们相爱相杀——总不能光看别人谈恋爱吧，不公平啊。

说到爱情戏，我还想到一个设定。

刘子光原本是一个没有任何后顾之忧和牵挂的人，这样的人是很难被控制的，因为他没有"软肋"。

如果让我来写剧本，我会在发现他喜欢女警胡蓉的时候用钱砸他，让他去追他喜欢的女孩子，用尽各种浪漫手段。因为他一旦有了爱情，就有了牵绊和软肋，我让他们相爱，再用那个女孩要挟他。也许最后不一定实施，也许只是我心中所想的一个布局，但是这样设置之后，情节就是多层次、丰富的，还可以多侧面、缜密地体现聂万峰的心路历程。

说千道万，还是那句话：演员要用作品说话。

演警察也好，商人也好，这些职业都具备很强的专业度，作为演员，必须提前做好功课和准备。

掌握专业度是一方面，更重要的是从人性出发，要真的琢磨这个人，他从小生活的环境是怎样的，他如果碰到一个女人，他会怎么做，是展开追求吗？追求到什么程度？什么时候放手？
追到后会怎样？

很多东西是剧本里没有写的，都需要自己去用心研究，这
样才能对得起演员这份职业。

聂万峰，心底的一点善会让你更有魅力，下次我们再一起
吹口哨。

> 这么多年在国外，每天活得小心翼翼，如履薄冰。
>
> 中国呀，讲究一个因果，你有多大的福报，就享多大的福；是你的，别人拿不走，不是你的，你迟早要还的。

该剧以公安部2014年"猎狐行动"为创作背景，讲述了以夏远、吴稼琪为代表的经侦警察侦破经济犯罪大案、开展多国跨境追逃的故事。刘奕君饰演的王柏林，是克瑞制药的董事长，奸诈狡猾，心机深沉，为达目的可以不惜一切代价；他洞察人心，十恶不赦，却把唯一的真情留给了妻女。记不清这已经是刘奕君第几次出演反派了，但每一次他带给观众的感受都不一样，网友们为此还特意给刘奕君剪辑了一个"斯文败类"系列视频。

狐狸是狡猾的，《猎狐》就是要抓住像狐狸一样狡猾的人。

但是剧本在第一集就把我演的王柏林给暴露了，大张旗鼓地告诉所有观众：看见了吗，这个人就是坏人。

因此，不管我之后再演什么，观众都是有心理预设的，都会拿审视的眼光去看我演的这个角色；没想到的是，剧集播到最后，不少观众居然开始同情王柏林了，甚至有人不希望他被抓住，这对我来说，简直是太大的反转了。

颈托的作用

在第一集里，我演的王柏林刚刚害得厂长跳了楼，晚上就拿着一袋钱去孤儿寡母家里威胁他们闭嘴。

面对赵琳演的厂长妻子，王柏林跟她说："你不能让你老公白死了，你要是去告发，说了不该说的话，他就白死了，而且你儿子还小，将来上学都需要钱，你没有考虑过吗？"王柏林把钱放在那里，让人家节哀，赵琳饰演的厂长妻子被气得眼泪直转。

在这场戏之前，也就是白天，我拍的是被厂长劫持的戏。白天的时候我就跟导演说，能帮我准备一个颈托吗，我要让王柏林戴着，要让他在孤儿寡母面前示弱，告诉他们：我也是个受害者。

于是我就这么演了。

一番威逼利诱之后，王柏林梗着脖子离开厂长家；坐进车的一瞬，他立刻撕掉颈托，一扔，开车就走了。

当时我心里想的是：反正第一集大家就知道我是个坏人了，干脆破罐子破摔得了。

还有一个设置，看过全剧的人可能会注意到，王柏林在国内穿的是中式衣服，喝的是茶，到了国外，穿的是西装，喝的是酒。这个设计其实是为了表现王柏林为尽快融入西方社会，努力做出的改变。

都说看一个演员是否投入，就要看他对自己的角色付出了多少，其实不仅如此，还需要演员有生活阅历、想象力、创造力。"行活儿"式的表演虽不会出错，但也没什么意思，演员还是要有自由的思想和灵魂。

哭戏

王柏林被遣返回国的戏是全剧的结尾，也是重中之重。我认为，之前拍摄的所有戏份，都是为这场戏做铺垫。

在飞机上拍摄的时间非常有限，我们每一个演员都必须精力集中，争取一次通过；飞机上的空间也有限，不可能有太大的动作和过多的情节展开。

拍摄这场戏时，座位本来是安排好的，我设计让王柏林被两名警察押着坐在中间，飞机快落地的时候，我申请坐到舷窗边看一看。当我靠着舷窗向下看时，我眼里看到的是王柏林曾经奋斗过的北江，是他阔别已久的祖国。我想，王柏林此刻内心涌动的情绪应该是非常复杂的，而且，这些情绪里一定要包含忏悔。

忏悔的剧情在原剧本里是没有的，但对这个人物，我认为要给他一个忏悔的时间，要让观众明白，一个人做了错事，必须付出代价。与此同时，我也想为《猎狐》和王柏林画上一个句号。

由于没有台词，我选择了一种触动内心的忏悔方式——无声哭泣。不是默默流泪那么简单，也不是欧阳懿醉酒后的号啕大哭，而是泪水大颗大颗地涌出来。那一刻，我不再是我自己，我就是王柏林，一个潜逃已久的罪犯：这么多年，我在外东躲西藏，看上去过着衣食无忧的生活，实际上心里没有一天是踏实的；我害怕被抓，也渴望被抓，真正被抓的那一刻，我悬着的心才落了地，一切才尘埃落定。

刘新导演特别懂演员，给了我很大的发挥空间。我很少会选择用这种方式哭泣，因为这么演对演员的消耗很大，但是这么演又很过瘾。因为激情程度、情感浓度都很到位，我的泪水自然而然地喷涌而出，一直流淌进脖子里，完全不受控，完全是痛哭流涕。

眼神戏

另外，我在飞机上与王鸥的对视，在原剧本中也是没有的，也是我的"临时起意"。拍摄之前，我跟王鸥商量，应该让王柏林对吴稼琪有个交代，这个交代就是用眼神表达歉意。王鸥和我合作了很多部戏，她一下就领悟了我的意思。

于是大家看到，那场戏里，我们两个人之间没有任何对话，只有眼神的交流：王柏林先是回头看了一眼吴稼琪，随后红了眼眶，吴稼琪感受到了王柏林的眼神，对视中，她也红了眼眶。因为她明白，剧中的吴稼琪，从母亲含冤而死到王柏林最终落网，中间整整经历了二十四年，这二十四年，她从未放弃，对王柏林紧追不舍；王柏林也认识到了自己犯下的罪行对他人造成的后果，他要对吴稼琪说一句：对不起。虽然这三个字没有说出口，但千言万语，全都汇聚在我们两个人的眼神里。

剧集播出后，这场哭戏上了热搜。其实身处角色当中，我们的这些反应都是自然流露的。

飞机上拍摄的最后一场戏，是王柏林走下舷梯，在这里，我和王凯扮演的夏远也临时设计了一些小细节。下飞机之前，王柏林歪了一下身体，因为他终于要踏上祖国的土地了，此时他的身心都是松懈的。

我对王凯说："我有点看不清前边了。"

王凯回答我："没关系，有我们呢。"

拍完这一切，我觉得这个戏成了，一种满足感和幸福感涌上心头。

一夜白头

剧中，王柏林的形象还有一个巨大的反差，就是在他被抓、得知女儿失踪后，急得一夜白头。

很多人可能会觉得这么设计是不是有点太夸张了，其实"一夜白头"这种事是真实存在的。中医里说，一个人压力过大，肾水熬干，就会导致一夜白头。

可以看出，王柏林这个人也是有两面的。

对生意伙伴和股民来说，王柏林不择手段，谋财害命，从未在乎过别人的生死，是个十足的坏人；在家人面前，他却是一个好丈夫、好父亲。尤其在面对女儿时，王柏林极力扮演着一个合格的父亲，把女儿捧在手心里，满足她的一切要求。

为了讨女儿欢心，王柏林不惜用金钱收买人心，恳求女儿的同学和父母来参加生日会；最终认罪伏法，也是听从了妻子劝解——他不希望妻子和女儿像他一样，一辈子抬不起头来，一辈子躲躲藏藏，无法生活在阳光下。

也因此，很多人同情王柏林，觉得他坏事做尽，对待妻女却满是耐心和爱意，对他怎么也恨不起来，还说"三观跟着五官跑"。

我觉得，同情他大可不必，这样的人总有一天会得到法律制裁，不是有句话叫"天涯海角，虽远必诛"吗？我想，观众也不是因为我长得好看而同情王柏林，而是在他身上找到了一个共情点，即他对家庭的重视。

王柏林也是人，他会彷徨，会做噩梦，会酗酒，会无助——那么强悍的一个男人，日进斗金，资产雄厚，他的软肋就是家庭。这样的人才是真实的，真实，才会善恶并存，才会在邪恶中带有一丝丝的人性。

有人说，做演员就是好，可以感受别人的人生。其实于我而言，短短几个月的拍摄时间，来不及让我完全感受另一个人的人生。

我自认是演完一部戏会立刻抽离角色、立刻放下的人。我会让自己尽快忘掉演过的那些人，把他们从我的生命里赶走；如果你问我，当时你演的是怎样的一个人，我还是能回忆起来，历历在目。我想，可能是这些角色都存在于我的潜意识中吧，就像电脑里被清理过的文件一样，某一天想用了，触发一个程序，还是能把他们找回来。

只有经历过，才会刻骨铭心。

什么爱恨情仇，什么生离死别，那些角色经历过的极致情

绪，我以为我自己都扫出去了，可其实，他们始终在某个角落
里安静地等着我。

《生活家》之白友新

渣男不渣，男人很难

> 我经常在想，我白友新，何德何能，能遇到你程帆扬。遇到你之前，我从来没有认认真真地爱过一个女人。就算你把天捅个窟窿，我也在底下把你托着！

《生活家》是一部都市女性成长剧，以刘敏涛、文淇饰演的一对破产母女的故事展开。"硬核妈妈"邱晓霞、被精神"富养"长大的邱冬娜、永远理智冷静的女强人程帆扬，都给观众留下了深刻的印象。有网友感慨，此次刘奕君老师总算扮演了一个爱家好男人，他与刘心悠的"双刘"CP让网友对"中年偶像"充满期待。其实，白友新等一众男性角色都是为了衬托剧中几位女性的坚韧、智慧和果敢，刘奕君喜欢这个全新的身份。

有网友调侃：当《外科风云》的扬帆遇到《生活家》的帆扬，他只能缴械投降了。

有人说白友新很渣，是个渣男，前妻生病去世后，他一直隐瞒着二人已经离婚的事实，让程帆扬背负着"第三者"的身份；他不想伤儿子的心，顾及儿子的感受，却忽略了程帆扬的感受，对方甚至为他打掉了一个孩子；他希望自己能在事业上做出一番成就，认为夫妻应该同进退，可他口中的"同进退"则是用另一半的不断忍让、牺牲换来的。

可我认为，白友新并不渣，因为从他身上，我看到了千千万万中年男人的缩影：一些自私，一些无奈，一些左右为难。他背负着家庭，背负着责任，他想要事业，也想要爱情。你说他不专一吗？不是。你说他不深情吗？也不是。不论是对前妻，还是对帆扬，白友新都用情至深，错就错在他瞻前顾后，思虑太多。

生而为人，没有一个人的人生是容易的，如果我的演绎能够引发观众的一点点思考，那就够了。

白友新在天台下向帆扬告白的那段戏，据说打动了很多人。

拍这段戏时，我用了三种方式，想尽办法挽回和程帆扬即将逝去的爱情。那时的白友新，真正认识到了自己的错误，他知道帆扬为自己和这个重组的家庭承担了太多，也许是借着酒劲儿，他才敢说出那番话，但都是发自真心；他甚至不介意帆扬肚子里的孩子是谁的，他愿意为了这个女人和她的孩子，担负起早该担负的责任。他知道，帆扬渴求的，不过是一个不论她高兴还是难堪，总能毫无保留地爱她的那个人，而白友新，就是这个人。

于是，白友新亲手撕碎了自己的那份离婚协议书，挥洒纸片的一刻，他告诉她："我在家里等你。我撕了这个玩意儿，我不认！"

拍了这么多年戏，我特别希望导演多给我安排一些"家属"。对一个男人来说，事业固然重要，但家庭同样重要；一个有家庭，有妻子和孩子的男人，才拥有丰富的人生，他才更加立体，更加有血有肉。这是我对戏里的自己说的，也是对生活中的自己说的。

此前，在拍完剧版《致青春》和《卧底归来》之后，本以为以后可以多拍点儿职场戏了，没想到很快就被拉回了"坏人堆儿"。所以我真的感谢《生活家》赋予我这个白友新，戏份虽不多，却有机会让我塑造一个全新的丈夫形象。

在 B 站，网友"心疼"我，通过剪辑和卡点配乐，给我安排了各种 CP，当然里面确实有我曾经扮演过的角色，也有一些是网友们想象的。我和周冬雨、宋轶、陈瑶、谭松韵、马思纯、佟丽娅，包括刘心悠、刘敏涛都被组过 CP，还有人建议我演个中国版的《这个杀手不太冷》，我真的特别感谢大家的善意，感谢大家对我的感情戏还有这么多期待。

"希望是美好的，也许是人间至善，而美好的事物永不消逝。"这是我非常喜欢的电影《肖申克的救赎》中，瑞德对安迪说的话。

希望我塑造过的每一个角色，都能带给你们美好的体验。

《扫黑风暴》之何勇

菩萨心肠，霹雳手段

> 这个系统谁是好人谁是坏人你敢说吗？包括你，何勇，你是好人，还是坏人？
>
> 在我的心里始终坚信，这个世界上还是好人多。
>
> 好多事情的真相，不是靠一个人就能查清的。

《扫黑风暴》集结了孙红雷、张艺兴、刘奕君、吴越、王志飞、江疏影等中青年演员，根据中共中央政法委筛选的真实案例改编，讲述了中央扫黑除恶督导组进驻中江省绿藤市扫黑除恶的故事。其中刘奕君饰演的专案组组长何勇，其正邪难判的表现，更是引发了观众对他身份的种种猜测。当然，网友们还是希望刘奕君这一次能演一个妥妥的好人。

这是我与五百导演的首次合作。2020 到 2021 年跨年的那天，我们还在长沙旁边的小镇里拍戏，当晚我还放了烟花，吃了火锅，但是没敢喝酒，怕喝红了脸没法接着拍。

我扮演的何勇，其身份是中江省公安厅刑侦总队扫黑支队支队长、"九一五"专案组组长，一个便服多于警服的警察。

网友说：看这部剧，让我觉得"全员恶人"，这回你是好人吗？

网友能这么问，真的说明导演和编剧在讲故事方面是一流的，所以我也在表演上做了一些调整，就是不给观众一个特别清晰的指向性，故事讲到最后再揭秘。

这部剧的演员也非常棒，所有人都贡献了精湛的演技。这两年我跟不少年轻演员都合作过，这次合作的张艺兴就像他微博上写的那样，"努力努力再努力"，是一个很拼的演员。

张艺兴嚼槟榔的戏是他自己设定的，最后嚼到腮帮子疼。关于这个设定，他还问过我是否合适，我觉得很好，贴近当地的环境和人的生活习惯，说明他是用心思考过的。

孙红雷也是，他为自己设计的"耳鸣"也有人物的心理依据——我们这些中年演员，每个人都有丰富的表演经验和人生阅历，所以设定的每一处细节都是有原因的，不会只用一次，也不是做表面功夫，而是贯穿始终，作用到剧情和人物之中。

观众看一部剧时，总会对一个角色到底是好人还是坏人的话题很感兴趣。

这么说吧，在我童年、少年时期看过的影片里，是很容易分辨"好人"和"坏人"的；那时，每个人都是天生的福尔摩斯，一个角色一出场，光看他的长相或是看他说话时的表情、走路时的姿势，就能判断得八九不离十，一个人的好或坏，全都写在脸上。何况放片尾的时候，字幕还会把好人、坏人分开排列。好和坏，都是脸谱化、标签式的，好人永远高大全伟光正，坏人永远人人喊打。

人性是复杂的，影视业也一直在进步，现在剧本中刻画的每一个角色，都是经过编剧反复验证和深刻思索的。如果现在再问你，"好人"是什么样的，你还能立刻回答吗？我相信每个人都有自己的答案。

《扫黑风暴》是根据真实案件改编的，最大限度地展现了黑恶势力、黑恶犯罪和在他们背后的保护伞。作为警察，何勇心中充满了正义感，他的好是有原则和底线的，不是盲目，也不是一味地付出。对待老百姓，对待身边同样为了正义和真理付出努力的好人，他是春风化雨般的温情和温柔；对待黑恶势力和黑恶犯罪，他决不姑息和手软。

从何勇身上，我学会了一件事：对待恶人，一定要比他们还狠，甚至比他们还恶。即有慈悲心的前提，你更要有一种霹雳手段。

警察就是这样的一个群体，他们非常不容易，每个人都要有强大的意志力和决心。因为但凡你一动摇，但凡你一心软就容易出错。而且，对恶人的姑息，就是对好人的辜负。

除了警察，我们每一位普通人也要有是非观，在生活中，我也是一个容易路见不平的人。

有一次我在街上看到父母当街打孩子，很多人围观，但没有人敢上前制止。孩子很小，被父母打得很惨，我实在看不过去，上前替孩子说话。

他父母跟我说："我自己的孩子，我愿意打就打，跟你有什么关系？"

我说："我看见了，我就得管。孩子可以管教，但不能这么打，打坏了一点用没有，后悔的还是你。"

为人父母，不要还没问清原因，上来就一顿拳打脚踢，也不要一味地指责孩子做错了什么。要知道，很多"熊孩子"的养成和父母的教育息息相关，今天你打了他，明天他就有可能以同样暴力的手段去对待别人。

扯远了。

有时刷到一些社会新闻，看到视频里保姆打孩子、打老人，包括校园暴力，一群孩子殴打另一个孩子，心里真是腾起一团火，想冲进去教训那些作恶的人。也许我们无法控制别人，也无法要求别人做什么、不做什么，我们能做的就是管好自己，控制好自己的情绪，让心中的善良多一点。

还有，就是要在能力范围内尽量为弱势群体发声，这不光是警察的责任，也应该是每一个有良知的人的责任。

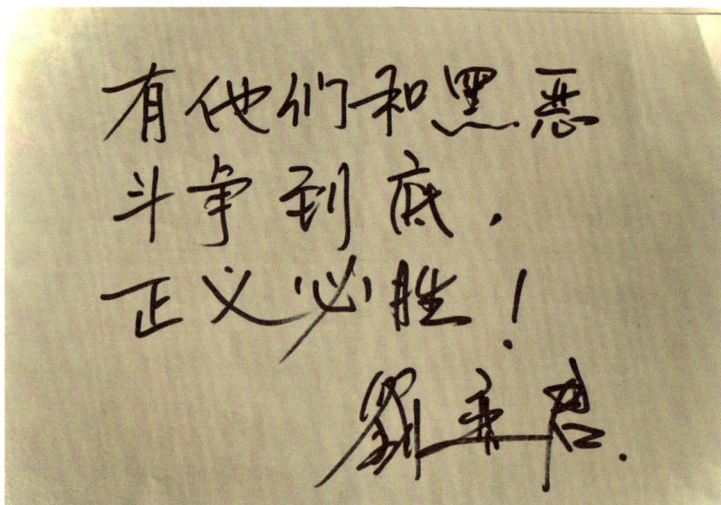

有他们和罪恶斗争到底，正义必胜！

刘来忠。

《开端》之张成

平凡见伟大

> 我干刑警有二十多年了，什么事都见过。
>
> 你是之前就有这种症状，还是……今天才有。
>
> 你怎么知道我姓张？
>
> 知道坦白从宽下一句是什么吗？
>
> 小伙子你这记忆力惊人啊。
>
> 我会毫不犹豫地出警。

2022年的开端，一部颠覆式的新类型电视剧《开端》，在国内掀起了"时间循环"的大浪潮。在校大学生李诗情像往常一样坐上45路公交车，却意外陷入一场公交爆炸案的循环，并意外将一名游戏架构师肖鹤云拉入其中。为了自救和救人，两人打破隔阂并肩作战，努力阻止爆炸，寻找案件真凶。刘奕君在剧中扮演行事干练、头脑清晰、有极强分析推理能力的市局刑侦支队副队长张成。在每一次循环中，都是由张警官负责这起案件，他的存在是男女主找寻真相的底气。当张警官说出那句"我会毫不犹豫地出警"，屏幕前众多观众齐齐破防。张警官那坚定的信念与身为人民警察的使命感，又使得无数的观众进入了刘奕君世界的循环之中。

当我接到《开端》角色邀约的时候，我没有犹豫，直接答应了下来。

我喜欢这种软科幻的题材，带有一定的想象力，不循规蹈矩，既是现实的一部分，又不完全属于现实，这种间离感让我着迷。在我看来，软科幻题材非常考验编剧的功力，逻辑要严丝合缝，要在非常短的时间里，让观众迅速地相信你所讲述的故事和扮演的角色，这对演员的要求也非常高。如果以后碰到类似这样的题材，我可能还会接。当然，这取决于剧本的质量。

不同角色的把握

　　在张成之前，我在《扫黑风暴》中也饰演了一个警察角色。这是两个完全不同的故事，案件类型也不一样。《扫黑风暴》里何勇这个角色身上，有很多的不确定性，这种不确定性来源于他所侦办的特殊案件和他带给人的一种亦正亦邪的压迫感。《开端》这个故事里，张成处在一个突发的刑事案件当中，那么首先他需要很接地气，他穿的服装也是一件随意的 polo 衫，没有过多的修饰，让观众能够感受到他就是身旁的一个普通人，突然被卷进了这场案件中。但是他的角色身份是一个警察，在他和犯罪嫌疑人、群众之间一来二去的打交道中，他的职业性，他的专业性，他的职业敏感，一点一滴地显露在观众面前。

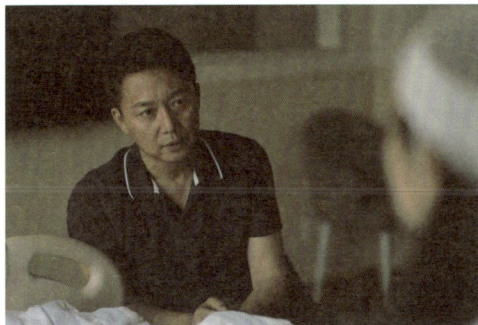

角色本身要有特性，才能引起别人的注意，引起注意之后，观众进而关注角色所讲述的案件。

在《开端》这部剧里，赵今麦和白敬亭饰演的角色对这个案件是有认知的，他们是循环的，但是张成没有进入到循环里，所以他带着观众会有真实的反馈，观众在哪个地方特别想看什么，想知道什么，就是张成在面对这件事的过程，也因此，观众和张成之间会有非常强烈的共鸣。

其实在演相对极致角色和相对平凡角色的时候，难度上是有区分的。这个难度就在于每个角色都要通过细节来展现。《扫黑风暴》因为本身的情节张力和人物张力很大，所以我的情绪表达是相对明显的。那么张成呢，他罗列更多合理的细节，来让观众相信他讲述的故事。因为《开端》这个故事本身就是虚拟的，观众刚开始是很难接受的，死了又活了，你开什么玩笑呢？我们在看科幻片吗？如果角色再有一丝一毫的不真实，没有真正的非常努力的相信自己生活在这种环境当中的话，观众就更不会相信了。观众跳戏的话，整个故事就塌架了。但是如果你通过这种特别细腻的心理变化、动作细节，把角色在案情当中的纠结、猜测、判断等等这些都做足了，就能把观众一点点拽进来了。张成这样的角色，需要在平凡当中见到他的不一样，这个是更难的。

角色独特的光彩

张成是平凡中的英雄，他的身份对我来说是非常有吸引力的点。在我眼里，每个人都是平凡的，都在尽职尽责地干着自己的本职工作，只不过从事的职业不同而已，只要你认真、尽心尽力地去履行自己的职责，你也是一个英雄。我不希望我的人物变成一个为了一个伟大目标而概念化的英雄，而是一个不脱离生活的普通人，用自己的坚守、执着，在平凡之中彰显出伟大。

张成牺牲的时候，我发了一条微博，说"如果能重来，老张还是会毫不犹豫地出警"，很多评论都是求老张复活的，作为张成的扮演者，看到这样的反馈，我特别开心，这是观众对我所扮演角色的认可，也是对我们这个戏的认可。我的微博有两层含义，首先是指假如还有一次机会，张成还是会冲上去；其次就是说，假如还有这样好的剧本，我还会给大家带来一个新角色。

外在环境的影响

　　《开端》是 2021 年夏天在厦门拍摄的，这时候的厦门非常热，夸张点说，热的时候，桥面可以摊鸡蛋。

　　有人问我这么高的温度有没有影响到拍摄。其实天气热天气冷，对我们拍戏是没有影响的，每个剧组都有自己的进度安排，每天的进度都是必须完成的，一些皮肉之苦只能是自己去克服，这对演员来说都是家常便饭。除非你那天生病了，根本站不起来，这是没办法克服的。只要是能开机，只要下了通告，只要是可以拍，我们都会去调整自己的状态，完成拍摄。

　　剧播出时，有观众说《开端》剧组太抠门了，一套服装完成整个拍摄，还有些观众担心，厦门这么热，我的polo衫能不能扛得住。这里我要替服装组老师澄清一下，拿我的polo衫举例，服装组老师要准备很多套同型号、同尺寸的存货，而且跟供货商会提前确认好，如果polo衫不够的话，也可以做到及时提供。在这个前提下，才保证了这些外在环境不会影响到整个拍摄的进度。

《张卫国的夏天》之林宏年

越过山丘，没有岁月可回头

> 我往下一看，底下全是笑脸，迎着你，像向日葵一样的；等你落到底下，你再往上一瞅，全是背影，遮天蔽日了。

《张卫国的夏天》是一部聚焦中年危机的都市情感剧，在现实主义题材中不失幽默与温情。刘奕君和黄磊，作为北京电影学院表演系的学长和学弟，刚好在这部剧中，也饰演了一对师兄弟，林宏年和张卫国。

少年时期的林宏年，因为一个"撤凳子"的举动，彻底改变了张卫国和他的命运，往后的日子里，林宏年一直在寻找"赎罪"的机会，寻找离别多年的"家"，寻找迷失、迷茫的自我。

2021 年拍完《开端》之后，整个夏天，我大多数时间都是在《张卫国的夏天》这个剧组度过的。和黄磊、海清、梅婷合作，就像是和老朋友聚在一起，一切都是那么自然，每个人都有丰富的生活阅历，演起戏来特别过瘾。

在我看来，《张卫国的夏天》是一部带有喜剧色彩的正剧，或者可以称为结构型轻喜剧。剧情走向和人物设定都源于各位主创人员对生活的理解，没有刻意的插科打诨和"抖包袱"，展现的都是小人物的喜怒哀乐；每个人物都有着浓烈的情感，也许你会笑着看完，但是看完后，摸摸眼角，又是湿润的。

中年男子图鉴

我所饰演的林宏年，是个彻头彻尾的小人物，在他身上，你可以看到非常真实且世俗的一面。

决定接演一个角色时，我会从头到尾把这个人物的一生像"过电影"般"过"一遍，人物小传里没写出来的，要加上自己对这个人物的合理想象。

林宏年本身是个孤儿，从小在孤儿院长大，后来去戏班子学唱戏，在那里认识了张卫国。这样一个孩子，自幼便没有父母可依靠，没有享受过家庭温暖，他的内心一定是孤独、敏感的，平时不敢惹事，做什么都谨小慎微、战战兢兢，一旦遇到事情，第一个反应就是躲，就是逃避。

都说成长环境造就一个人的性格，林宏年也希望自己能像张卫国那样，站在舞台中心的位置唱武生，但他不敢表达，不敢争取，在嫉妒心的驱使下偷偷撤掉了凳子，导致张卫国腰部受伤，从此告别舞台。林宏年隐瞒了这件事，不辞而别，南下至南京，经过一路打拼，娶了当地人做老婆，进了当地的电视台工作。

本以为日子就可以如此平静地过去，林宏年也从最初要依赖妻子获得户口的外地人，成为家喻户晓的主持人，事业风生水起之时，却因为妻子大闹节目现场而辞职。

人到中年，失去工作，失去家庭，如果是你会作何感想，做何决定？林宏年把一切归咎于命运，他宁愿信命，也不在自己身上找原因。

剧中有一段情节，林宏年当初不辞而别，不仅断送了师弟的前程，也让自己的内心惴惴不安，从不敢和义父、师弟联系。然而时过境迁，他为了扭转自己不顺的局面，还是选择北上找义父赎罪，也就是张卫国的父亲，但事与愿违。头还没来得及磕，老爷子便过世了，林宏年哭得比张卫国还凶，以至于张卫国抱着骨灰坛问林宏年："到底你是亲生的，还是我是亲生的？"

作为林宏年，我的内心戏是这样的：义父去世固然难过，但更让林宏年难过的，是他没能如愿；心愿一旦无法达成，不顺的日子依旧无法结束，所以他哭得比谁都凶，他哭的是倒霉的自己，是悲惨的命运，是心愿未遂的不甘。

你看，就是这样一个小人物，他自我、自私、功利，第一反应都是自己会怎样，做每一件事、每一个决定都在权衡利弊、趋利避害。你觉得他真实吗？非常真实，他就存在于我们的生活之中，也许就是你身边的人，甚至是你自己。

然而联想到林宏年的身世和经历，你就觉得这一切设定都是合情合理的。他和我演过的张万霖不一样，张万霖是叱咤上海滩的"三大亨"之一，杀伐果决，毫不留情，他手段狠辣，脾气暴躁，所有的"恶"都是直给出来的；他和"谢玉"也不一样，谢玉是泰山崩于前而色不变，却会在背地里搞事，手段狠辣，他轻轻一句"这个人，不能留"，得罪他的人很快就会被处理掉。

而林宏年和他们都不同，他的心里总是想方设法希望自己出人头地，如果别人跟他说有一件事特别好，他会眼前一亮，然后刻意掩饰，表现得不在意，无所谓，其实内心早就翻江倒海了，会一直惦记这件事。

他是一个极度缺乏安全感的人，他今天得来的一切，都是靠自己一手一脚拼搏出来的，所以他总是在"想得到"和"怕失去"之间挣扎、煎熬。

这就是一个中年失意男人的真实写照。他虽然自私，但他也是可爱的，更是值得同情的，因为他很真实。如果想清楚这一点，就会把林宏年这个小人物的思想、行为、第一念头贯穿在每一场戏当中，这个人物就会有特色，不会跑偏。

中年爱情的模样

剧中，海清饰演我的妻子顾佳怡，我们还有一个女儿，从表面上看，这是一个幸福的三口之家，在南京这座城市拥有房子，拥有事业，还拥有一定的社会地位和身份。

想当年，对初来乍到的林宏年来说，他只是一个50分的外来青年，而顾佳怡却是至少80分的本地女子，是林宏年"高攀"的；时光流逝，林宏年闯出了自己的一片天地，羽翼渐丰，他从50分蜕变成80分，而顾佳怡却在岁月消磨中变得琐碎起来，停滞不前，逐渐从80分落到50分。这种变化在林宏年心里有了落差。

剧中，他说的一番话也许是压抑在内心许久的心结：对林宏年来说，南京终究不是他的家，他终究是个"外来者"，表面上再光鲜，内里却破败不堪。

"生命是一袭华美的袍子，上面爬满了虱子"，面对妻子的指责和不理解，孩子的冷嘲热讽，林宏年心灰意冷，败下阵来。

略过年轻时卿卿我我的甜蜜时光，一上来就闹离婚，这不仅是我和海清饰演的中年夫妻面临的危机，更是许多中年夫妻正在遭遇的现实。

在我看来，中年人的爱情是收敛的，是有分寸和距离感的，那些风花雪月的故事不是没有过，只是被淡忘了，逐渐变成了柴米油盐；他们不是不会表达爱，只是不再像青春年少时那样热烈，何况生活的一地鸡毛遮蔽了他们的双眼，身上的责任重重地压在他们肩上，他们已无暇顾及所谓的爱情。

喜剧的内核

提起《张卫国的夏天》，不得不让人联想到《菊次郎的夏天》。

二者不仅名字相像，刻画出的小人物内心，以及主人公与别人、与自己的和解也同样令人动容。

剧中有这样一个前后呼应的情节设计，是黄磊在拍摄之前想到的，跟我们一说，大家都觉得妙极了。

林宏年在十多岁时因"撤凳子"犯下不可饶恕的错误，他隐瞒了事实不辞而别，多年之后，他回到北京，曾经的真相无意中被揭开，师兄弟彻底决裂了。

林宏年回到南京，失去一切的他放低姿态，在电视台里打杂；此时身在北京的张卫国重新找到自己的定位，开了一家面馆。

林宏年再度北上寻找张卫国，特意来面馆为当年的错误道歉。正逢打烊，张卫国一边抹桌子，一边听着林宏年的解释，让他走开。

突然，张卫国问林宏年："吃饭了吗？"

林宏年一愣，回答："没有。"

张卫国说："我给你下碗面吃吧。"

不一会儿，面上来了，林宏年赶紧站起来拌菜码，正要坐下时，张卫国突然将凳子一撤，林宏年摔了个"屁墩儿"。林宏年惊得一愣，张卫国伸出手欲拉起林宏年，林宏年握住张卫国的手，顺势起来的一瞬，林宏年紧紧地抱住张卫国，终于道出迟到多年的歉疚与悔恨。

就是这前后两次"撤凳子"，师兄弟二人就此一笑泯恩仇；对别人释放善意，也是在纾解自己的痛苦。

在剧组，我们经常提出这样的问题：我们拍的是喜剧吗？为什么哭的戏份比笑的戏份要多得多？

其实，这就是喜剧的内核。有人说，喜剧的内核就是悲剧，在我看来，所谓"悲"的底色都源于生活，源于小人物的真情实感。

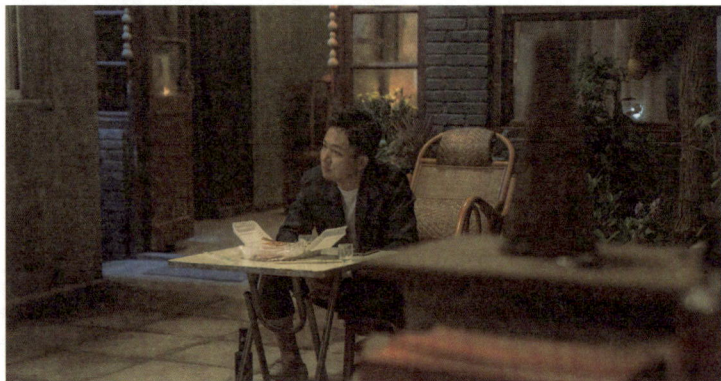

吃苦要趁早

我从没细想过自己遭遇过什么失意的时刻，但是年过五旬，一路走来，多多少少会碰到一些不顺心的事；之所以还能够乐观地生活，其实就是在不知不觉中把那些不如意的事情化解掉了。有的是扔了，有的是完全不在意了，有的是被自己大事化小、小事化无了。这不是我的超能力，而是活到这把年纪，自然就会具备的能力。

我总是说，吃苦要趁早，不如意也要趁早，年轻的时候千万不要怕苦怕累怕不顺利；如果一个人年轻时一帆风顺，到了中年才开始"走背字"，这时遭受的打击可不是自己能轻易承受的，体力不行，精力不行，很容易一蹶不振。

年轻时吃再大的苦都不要怕，前半生努力过、拼搏过的人，到了人生后半段一定会得到福报，也会懂得珍惜；年轻时若"运气太好"，不知道"惜福"，好运早早就被自己挥霍掉了，人也会变得麻木，做什么都激不起兴趣，甚至会做一些错事，无法回头。吃过苦的人都知道"居安思危"这四个字的意义。所有你现在拥有的东西，都是你在过去默默积累起来的，你的努力，你的付出，只要你对得起自己的人生，那么生活也会一点点回馈给你，也会一点点让你体会到——不亦乐乎。

号

/ 第五场 /

外

正如人生总有一些事物无法归类，拍戏也总有一些镜头需要补拍，这本书亦如此，有一些瞬间格外生动，像上天留下的意外惊喜，转瞬即逝，却印象深刻。那一刻不仅是定格一张照片，而是签收一份上天寄来的礼物，以至于我不知道该归入哪个章节，那就单独成章吧。

另外，由于在成书的过程中，不断有新的照片、新的感悟诞生，截稿之后依然有想加进来的内容，一并成为号外吧。

本场"号外"还有一层用意，是想提醒自己，精彩的瞬间固然多，然篇幅有限，不可贪多，适可而止。

号外亦如甜点，不可多食——多了就不甜了。

第一镜

鸟 雀

几只麻雀停在电线上，蹦蹦跳跳，不停变换位置，构成一组天然的音符。可惜到了最后跑调了。

2021年端午节，刚过完"一岁"生日两天，在广西的山里人家，我寻回了童年的记忆。

　　旧时王谢堂前燕，飞入寻常百姓家。

　　屋顶的燕子一家，人丁兴旺，五个小家伙张着鹅黄的大嘴要吃的，燕子妈妈忙碌地飞进飞出，喂养子女。

　　叽叽喳喳一片，比起"我饿了"，我更想称这张图为"大合唱"。

第二镜

笑　声

　　拍摄以"时代楷模"黄文秀为原型的电视剧《新时代青春之歌》时，我随剧组来到黄文秀工作、生活过的广西乐业县新化镇百坭村。这是一个宁静秀美的村落，在大山之中，清澈的谐里河绕着村子缓缓流淌，鸟儿在林间婉转鸣唱。

　　到的时候是春天，金黄的油菜花开得灿烂，村民们日出而作，日落而息，人人性格爽朗，笑声高亢，朴实中又有一种"打仗似的"积极。

　　妇女们得闲坐在门口长凳上，拉拉家常，开开玩笑，唠唠柴米油盐、家长里短，爽朗的大笑一声高过一声。

　　谁家的小男娃在往小水道里撒尿，姿势帅气。

　　猫咪趴在台阶上，静静看着那山，那人，那娃。

　　而我，静静地看着那山，那人，那娃，那猫。

273

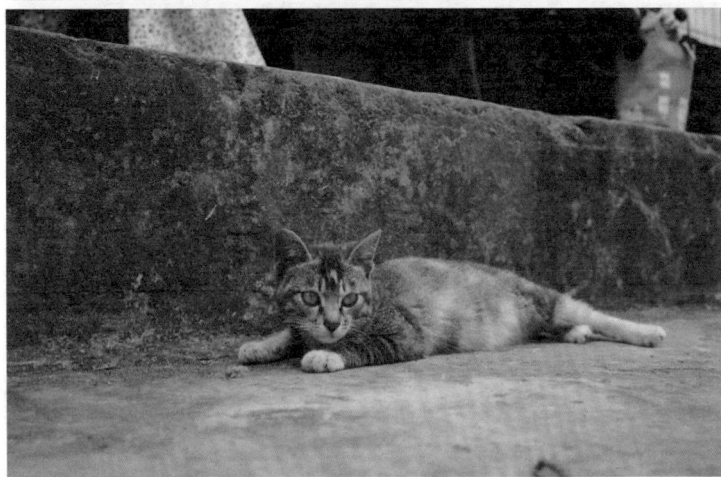

第三镜

等
饭

　　饭点了，该做饭了。百坭村一户人家的简单厨房里，一口小锅架在柴火上烧，可能是在焖饭。女主人蹲着洗菜，准备下一道饭菜。

　　厨房陈设简单，却很干净，阳光透过窗户洒进来，柴火燃起的袅袅炊烟，清晰可见。农家饭菜独有的香气扑鼻而来，可能见我盯着人家饭菜不走，一只大黄狗挡在我面前。

　　狗的眼神像个老人，温和又满含善意，仿佛在说："别急，饭还没好呢。"

第四镜

天坑

在乐业县拍戏之余，我终于探访了著名的乐业天坑。那是由近二十个天坑组成的天坑群，当地人把它们叫作大石围天坑。据说这些天坑形成于 6500 万年前，犹如一个个巨大的漏斗，四周是刀削似的悬崖绝壁，天坑便隐藏在崇山峻岭之中。

大石围天坑已经被认定是世界上最大的天坑群，底部是人类从未涉足过的几十万平方米的原始森林，原始森林底部还有溶洞，溶洞中还有地下河。地下暗河竟然有两条，一条冷，一条暖，被称为鸳鸯暗河，河中有形态多样的各种生物，河岸还有金黄的沙滩和五彩奇石。

大自然的鬼斧神工让人叹为观止。大到崇山峻岭，小到鱼虾彩石，这位卓越设计师的精妙手笔，远超我们的想象。

我跟随当地一个探险队的朋友，蹭了他们的专业滑索设备，缓缓降落到天坑底部。伴随着滑索的下降，阳光从头顶投射下

来，从天而降的人披着阳光，缓缓坠入黑暗幽洞。这种奇观被称为"丁达尔现象"，即阳光投射到大气中的雾气或灰尘上，被分割成一条条或一大片形状，蔚为壮观。"丁达尔现象"寓意着光可以被看见，因此也被称为"耶稣光"。

我们沐浴着耶稣光，下降五十多米，来到天坑底部，宛如一点点到了地球深处，四周黑，静，凉。

穿过一片地下森林，我们进入溶洞，这是一处未经开发的天然溶洞，艰难行走一段路后，来到一片相对开阔的空场，探险队的领队让我们把头灯关掉，每个人保持一米的距离坐下，静静地待三分钟，感受自然的力量。

随着头灯一一关闭，我们犹如被丢入茫茫宇宙，陷入无边

的黑暗中。耳边是时间停止一般的极静，人的感官瞬间被唤醒，全身每一个毛孔都张开，仍然是极黑、极静，只有遥远的地方偶尔传来"咚"的一声水声，能感受到声波一圈圈荡漾开来。

那一刻，仿佛这里就是时间的起点，人类的起点。

领队说，这里离洞口其实只有三百米，但是没有光的话，我们肯定走不出去。

人类在大自然面前太渺小了，与蝼蚁、微尘并无太大差别。

从天坑出来，真的有一种重见天日的感觉。

探险队每年都会徒步探险，一路下天坑，钻溶洞，沿着地下暗河行进，全程二十五公里。我一听兴奋不已，相约明年一定参加。

第五镜

伙

伴

　　拍摄《誓言》时，在片场，群演们除了进入导演的镜头，也进入了我的镜头。

　　感恩和你们合作的日子，一起编织一个精彩故事，一起演绎剧中世界的人物命运，谢谢你们的同行和帮衬，这一刻时间驻足，这一刻记忆永恒。

彩

蛋

自己

带着不同的心情，你会看到不一样的风景。然而，想在不同的风景中看见自己，却没人给拍照，怎么办？

这可难不倒我。自拍，对着镜子拍，对着玻璃拍，对着一切反光的镜面拍。

就这样记录行走在路上的自己。

忽然想起《平凡的世界》中的一句话："他应该像往常一样，精神抖擞地跳上这辆生活的马车，坐在驾辕的位置上，绷紧全身的肌肉和神经，吆喝着，呐喊着，继续走向前去。"

送给你，也送给我自己。

去吧，去观察，去体会，去感知，去释放，去创造吧。

后 记
放出心中的小孩儿

比起角色的攻击性，生活中的刘奕君老师要温和甚至温柔得多，他身上的不疾不徐，让人不自觉放松。

第一次沟通书稿，我们采取的是颇为现代的方式——视频连线。彼时刘老师在剧组，拍戏间隙与我们"网友见面"，第一句话就很有演员的感觉："终于见到一本书的幕后人员了。"将一本书和一部剧等同，于我们而言是颇为新鲜的体验，事实上，我们也有看剧的感觉——从手机屏幕上看刘老师那张熟悉的脸，感觉像在追剧。

刘老师从小就爱看书，可能是受父亲影响。他的父亲是个书迷，家里的书铺天盖地，他经常和父亲一人捧一本书，各看各的，都看得津津有味，从历史演义到文学名著，再到武侠小说，"男孩子嘛，除了《红楼梦》有点看不进去，其他的书，可以满足我的一切幻想。"

如今的刘老师依然爱看书，不过看书更挑，"感觉找不到好看的新书，于是把之前看过的老书翻出来再看一遍。"而且阅读方式更多样，他向我们展示刚购入的一套关于冥想的有声书，"每天十分钟，冥想一下，让自己静下来，观照一下内心。"

刘老师很早就有写作的习惯，而且在报刊上发表过。

写作是表达的一个出口，随着演绎的角色越来越多，工作越来越繁忙，更多的情绪、情感在角色身上得到了表达和宣泄，刘老师在生活中慢慢变成一个观察者、记录者。

也可能读万卷书，就是要行万里路。刘老师渐渐喜欢上一个人背包漫游的感觉，在拍戏间隙游走于不同城市的深街巷尾，拍摄未经开发的古镇村落、鬼斧神工的自然山水，抓拍不同神态境遇的人、城市建筑的些微细节……照片成了他记录生活的重要方式。

第一次真人见面，刘老师选在北京望京的一处星巴克，我惊讶不已，那里永远人满为患，难道不怕被人认出吗？

当刘老师一身休闲装扮，脖子上挂着一只小相机推门走进来的时候，我多少有些明了。生活中的他，比荧屏上更清秀，一张不大的脸，金边眼镜后面有一双温和的眼睛，身量长且直，比 180 厘米显得更高些——他认为自己跟屏幕上的样子差距很大，他说他在生活中很普通，经常去一些小店吃饭，也没人认出来，所以感到很安全，但我觉得并非如此。他和屏幕上其实相差不大，属于一眼就能认出的类型，即使认出也不会冲上去惊扰他，因为他和周围环境很好地融合在一起，他似乎就是来喝咖啡的，出现在这里很正常。

他似乎真的具备一些王天风的"特工"属性，外貌和气质都不普通，却能让自己隐藏在人群中，不引人注意，更不让人设防，在众人毫无察觉中按下快门。他脖子上挂的相机并不是"酷盖"的摆设，是真的在用哦，短短一次见面，他又收获沿途建筑、上班行人等照片几十张，要不是他特意向我们展示，我们丝毫不知道也被他"偷拍"了。

刘老师向我们展示了经过"海选"的几千张照片，每一张照片都如数家珍。他对拍摄地、拍摄时的内心触动，以及如何构图都记忆清晰，于是，我们跟随这些照片，和他一起环游了世界。

在西安，回到熟悉的回民街找寻最地道的羊肉泡馍；在长沙，前往岳麓书院下面的小吃街品尝臭豆腐；去浙江，感受"阡陌交通，鸡犬相闻"的古镇慢时光……这些整理成本书第一场内容：烟火——于刘老师而言，书如戏，那么就借用剧的架构方式，以每场每镜来表达本书吧。

在非洲大草原，成群结队的鹿、大象、斑马、羚羊，还有奔跑的花豹、鬣狗，每种动物都在本能地求生，大自然还原了物种最初的性灵。这些构成了本书第二场内容：有灵。

在国外拍戏时，他独自背包坐大巴前往马赛、布拉格、阿尔勒等地方，用脚步丈量一座座城市，探访凡·高的足迹，感受122年时光重叠的奇妙。旅途中还偶遇一位日本老人，即便风烛残年，却依然周游世界。更让人触动的是，与老人同行的一位年轻人，不是老人的亲属，而是一位伴游，"竟然有这样好的职业，或许有一天，我也能成为一名伴游，既能周游世界，又能赚钱，哈哈。"这是本书第三场内容：行走。

　　除了身体的行走，刘老师还在书中讲述了灵魂的行走——他演绎过的每个角色，不仅是故事中的人，更像平行世界中不同的自己，每演一个角色，都是一次灵魂交付。与《琅琊榜》中的谢玉、《伪装者》中的王天风、《猎狐》中的王柏林、《扫黑风暴》中的何勇、《开端》中的张成等众多角色的缘分、理解，所做的功课，设计的细节，幕后的趣事等等，都在本书中一一呈现。这就是本书的第四场内容：角色。

　　回顾演艺生涯的起起伏伏，他说："人生有春夏秋冬，春夏别得意扬扬，秋冬别妄自菲薄。无论季节如何变化，安心做你的学问，强大自己，早晚有一天机会是你的。"

　　关于如何演活一个角色，他说："演员要拿出最大的真情，去展示人性最深处的痛苦和绝望、欲望和狼狈、渴求和快乐，同时去激发、去唤醒、去催化出更多观众的情感。""再演一百个人物，不管反派或正派，都会不一样。"

　　关于对角色的思考和设计，他说："我想了一个《伪装者》的新结局，绝对是王天风的惊天大逆转……"

关于反派人物的理解，他说："人间更多的不是黑与白，而是灰。"

极致认真地对待工作，永远心怀热情，永远热爱，发掘角色的多侧面；积极愉快地面对生活，于细微之处发现美好和感动，发现生活的多侧面。活在当下，不亦乐乎？

希望这本书能让更多人了解刘奕君老师的多种侧面，在文字和照片之外，还能感受到一种"不亦乐乎"的生活方式，不疾不徐，掌控自己的节奏。

在忙碌工作中给自己一个微笑，在疲惫生活中记起曾经的英雄梦想，面对眼前的生活，说一句：不"奕"乐乎？

《不奕乐乎》的出版，于我们木本文学的小伙伴而言，不仅是出版了一本书，更是做了一件有成就感的事：感谢内心丰盈又帅气的刘奕君老师，和可爱亲切又专业的经纪人王尔丹，一本书的诞生，漫长而艰辛，却很快乐，和你们一起，不"奕"乐乎？

更要感谢各位可爱的读者，刘老师说："我心中有好多小孩儿，有邪恶的，有调皮的，也有善良的，需要哪个，我就把哪个叫出来。"

你猜，他这次放出来的是哪个小孩儿呢？

杨琴　小玖
2022 年春夏之交

感谢我镜头中的每一个人

这本书从创意，到和你们见面，经历了近两年时间，收录了我十来年的照片。我很喜欢拍人物，这么多年一直都是，现实生活中的人们带给我的瞬间，滋养了我作为演员的内心，也正是我观察了那么多真实的人，我在创作时才有了自己的想法和灵感。我很感谢这样的缘分，即便我们是擦肩而过，或是只有那相遇时几分几秒的缘分。如果，你在本书中发现，你或你身边的人，正是这样的有缘人，欢迎与我们联系：

邮箱：mbsy@bjmbsy.cn